長編小説

ほしがり村

葉月奏太

竹書房文庫

※この作品は竹書房文庫のために
書き下ろされたものです。

目次

第一章　夜這いの宿

1

『わたしのことは忘れて』

想いを寄せる女性は、その言葉を残して消えてしまった。

休みが明ければ、また会えるものと思っていた。連休前の彼女はごく普通で、いつもと変わらない様子だった。それなのに、まさか連絡が取れなくなるなど、想像すらしていなかった。

ゴールデンウィークが終わり、業務に追われる日々が戻ってきた。

向《むか》井《い》直《なお》紀《き》はソーラーパネルを販売する会社で働く、二十四歳の営業マンだ。成績は同期入社のなかでは悪くない。だが、それで満足しているわけではなく、なんとかして頭ひとつ抜け出したいと思っていた。

入社三年目なので、そろそろ仕事で大きな成果をあげたい。そして、想いを寄せる女性にいいところを見せたいと意気込んでいた。

ところが、意中の相手である神崎智美《かんざきともみ》は、連休中に里帰りしたまま東京に戻っていなかった。

智美は三つ年上の二十七歳で、直紀が新入社員のころから仕事を教えてくれた先輩OLだ。右も左もわからず失敗も多かった直紀を、決して突き放すことなく、いつもやさしくフォローしてくれた。

直紀が落ちこんだときに、さりげなく励ましてくれたり、食事に誘ってくれたことも一度や二度ではない。それでいて、仕事はしっかりこなし、営業成績は常に上位に食いこんでいた。

智美は心から尊敬できる先輩だった。

物静かな性格だが己《おのれ》に厳しく、他人にはどこまでもやさしい。精力的に働きながらも、気遣《きづか》いを忘れない素敵な女性だった。

そんな智美のことを、いつしか女性として意識するようになっていた。

ふとした瞬間、例えば仕事の合間にコーヒーを飲んでほっとしたときなど、智美の顔が脳裏に浮かんだ。想像のなかの彼女は、いつもセミロングの黒髪を肩先で揺らしながら柔らかく微笑んでいた。

（俺、智美さんのことが……）

恋心を自覚することで、ますます気持ちは傾いていった。

学生時代に彼女はいたが、卒業と同時に破局した。就職してからは仕事を覚えるので手いっぱいだった。とにかく、早く一人前になりたくて、教育係になった智美から懸命に学んでいた。

恋愛をしている場合ではない。そう思っていたはずなのに、気づくと寝ても覚めても智美のことばかり考えるようになっていた。

会社でパソコンに向かっていても、いつの間にかスーツ姿の彼女を目で追ってしまう。白いブラウスの乳房の盛りあがりや、濃紺のタイトスカートに浮かぶヒップの丸みが気になって仕方なかった。

容姿ばかりでなく心まで清らかで美しい。そんな智美に好意を抱くのは、ごく自然なことだった。

ところが、智美はなぜか田舎《いなか》から戻ってこない。ゴールデンウィークが終わったら帰京して、通常どおり出勤する予定だった。

上司が携帯を鳴らしても出ないし、総務課のほうから実家に電話をしても、智美に取り次いでもらえないという。

彼女の両親は、ずいぶん前に病気で亡くなったと聞いている。電話に出たのは唯一の肉親である姉かもしれない。智美は田舎に残してきた姉のことを、前々から気にしていた。

智美の田舎は、山陰地方の山間部にある小さな村らしい。東京からすぐ行ける場所ではないので、上司もほとほと困り果てていた。

もちろん、直紀も連絡を試みた。だが、携帯には出てくれないし、メールも送ったがいっさい反応はなかった。黙って会社を休む人ではない。智美は真面目で責任感のある女性だ。だからこそ、心配でならなかった。

連絡が取れないまま無断欠勤がつづいた三日目の夜、一度だけ智美からメールが届いた。

『わたしのことは忘れて』

ひと言だけそう書いてあった。

たった一行のメールが、逆に直紀の気持ちを駆りたてた。どう考えても普通ではない。なにかがあったとしか思えない。気になって夜も眠れず、居ても立ってもいられなくなった。

(どうしちゃったんだよ。忘れられるはずないだろ)

ついに直紀は彼女に会いに行く決心を固めた。

有給休暇を申請して金曜日を休みにした。土日の公休と合わせて三連休だ。ゴールデンウィークの直後だったので上司はいい顔をしなかったが、今は智美のことが気になって仕方がなかった。

ここまでするのには理由がある。じつは先月、直紀は勇気を出して智美に告白したのだ。

あれはゴールデンウィークに入る直前に行われた新入社員の歓迎会のときだった。

会場は会社の近くにある居酒屋だ。座敷席での宴会で、営業部の社員三十名ほどが出席した。

直紀は細長いテーブル席の一番奥、智美の向かいの席に座った。そして、宴会の最中、彼女の顔をチラチラと眺めていた。ビールが注がれたコップに、彼女が唇をつけるだけでも胸の鼓動が高鳴った。

智美を狙っている男性社員は大勢いるらしい。独身の男たちの大半は、みんな彼女のファンだという噂もある。だからこそ直紀は仕事でがんばって、目立つ成績をあげたいと願っていた。

宴会も終盤に差しかかったころだった。

薄くなった頭頂部まで赤く染めあげた総務部長が、智美の隣に移動してきた。小太りの体を彼女に擦り寄せて、お酌をするように迫りはじめた。

部長はもともと酒癖が悪くて有名だった。

智美は困った顔をしていたが、総務部長を注意できる者などいるはずもない。部長は人事に関して大きな力を持っていた。機嫌を損ねて目をつけられたくないので、誰もが見て見ぬフリを決めこんでいた。

直紀も最初はうつむいているだけだった。目の前で憧れの先輩がセクハラまがいの行為を受けているのに、どうすることもできずにいた。

「やめてください……」

蚊《か》の鳴くような声だった。はっとして顔をあげると、智美は肩をすくめて身体を震わせていた。ただお酌をするように迫られているだけではない。彼女の怯え方を見て、直感的にそう思った。

（まさか……）

嫌な予感が胸の奥にひろがった。

部長の手が彼女の下半身に伸びていた。はっきり見えないが、テーブルの向こうで太腿《ふともも》をまさぐっているようだ。元来穏やかな性格の智美である。しかも、総務部長が相手なので、強く抗《あらが》うことができずにいた。

直紀は周囲を見まわしたが、みんな不自然に顔をそむけている。直紀や智美の直属の上司である課長まで、そっぽを向いて雑談に耽《ふけ》っていた。誰もが気づいていながら、かかわらないようにしているのは明らかだった。

「くっ……」

直紀はとっさに立ちあがっていた。憧れの女性がひどい目に遭《あ》っているのに、黙って見過ごすことなどできなかった。

テーブルをまわりこむと、衝撃的な光景が視界に飛びこんできた。

智美のタイトスカートがずりあがり、ストッキングに包まれた太腿が付け根近くまで剝《む》き出しだった。しかも、ほどよい肉づきの腿肉を、部長がねちっこく撫でまわしていた。

「ぶ、部長っ」

思わず二人の間に割りこんだ。部長は体を寄せていたが、強引に押しやり智美から遠ざけた。

「俺にもお酌させてください」

とにかく、彼女を助けたくて必死だった。

部長に怪訝《けげん》な目を向けられたが、構うことなくビール瓶を差し出した。他の社員たちの手前もあったのだろう、部長は渋々応じてグラスを手に持った。

直紀が強引に割って入ったことで興醒めしたのか、部長はそれ以上、智美に絡むのをやめた。

このことが、今後どのように人事に影響するかわからない。もしかしたら、出世レースから脱落した可能性もある。それでも、直紀の機転でセクハラを中断させることができた。

その後は何事もなく、やがて宴会はお開きになった。

（まずかったかな……）

店の外に出ると、微かに後悔の念がこみあげた。

総務部長の気に障《さわ》ったのは間違いない。今夜のことは、多かれ少なかれ今後のサラリーマン生活に響いてくるだろう。でも、あのまま放っておいたら、もっと大きな後悔を背負うことになったはずだ。

（あれでよかったんだ……俺は智美さんを助けたんだ）

自分に言い聞かせるように心のなかでつぶやいた。好きな人を救ったと思うと満足だった。

「向井くん」

駅に向かおうとしたとき、後ろから声をかけられた。

振り返らなくても、すぐに誰なのかわかった。想いを寄せる女性の声を聞き間違えるはずがない。心を癒すやさしい響きだった。

「か……神崎さん」

緊張しながら視線を向ける。すると、やはりそこには智美が立っていた。目が合った途端、彼女は肩を小さくすくめて微笑を浮かべた。頬が火照《ほて》って見えたのは、お酒のせいだけではないだろう。

「さっきは助けてくれて、ありがとう」

そのひと言だけで、天にも舞いあがるような気分だった。

憧れの人が礼を言ってくれたのだ。あの一件で部長に嫌われたとしても、もういっさい後悔はなかった。

「べ、別に、たいしたことは……」

「ううん、みんなは知らんぷりしてたのに、向井くんだけが助けようとしてくれたんだもの……本当にありがとう」

智美の言葉が心に染み渡る。あまりにも嬉しくて、直紀は思わず涙ぐみそうになっていた。

「よかったら二人で飲み直さない？」

まさかの提案だった。以前にも二人で食事をしたことは何度かある。だが、それは直紀が仕事で失敗して落ちこんだときだった。

「いいんですか？」

「お礼をさせてほしいの」

顔がにやけそうになるのを懸命に抑えた。

智美に連れられて行ったのは個室のある居酒屋だった。四人掛けの掘り炬燵《ごたつ》になっており、二人ずつ向かい合う作りになっていた。

「向井くんって、男らしいところあるのね」

相対して座った智美が、キラキラ輝く瞳で見つめてくる。まるでデートのようで、なおさら緊張感が高まった。

「か、神崎さんが困ってたから……」

直紀がつぶやいたとき、襖《ふすま》の向こうから声がかかってビールが運ばれてきた。

あらためて乾杯して、その後は互いに部長の件には触れなかった。だが、直紀の頭のなかには、チラリと見えた太腿の映像が浮かんでいた。むっちりした腿肉を撫でまわされて、困惑している智美の姿が忘れられなかった。

「最近、仕事もがんばってるよね」

「お、俺なんて、まだまだです」

「謙遜《けんそん》しなくてもいいのよ。営業成績、あがってるじゃない」

智美が目を細めて見つめてくる。こうして向かい合っているだけで、直紀の心は掻《か》きたてられた。

(やっぱり、俺……)

酔っていたせいもあるだろう。胸のうちで膨らんでいくこの熱い気持ちを、伝えたくてたまらなくなった。告白するには絶好のチャンスだ。万が一にも可能性があるとしたら今しかないと思った。

「か……神崎さん」

直紀は意を決して立ちあがり、テーブルをまわりこんで彼女の隣に腰かけた。距離が近すぎて肩と肩が触れてしまう。甘いリンスの香りが鼻先を掠《かす》めて、瞬間的に胸の鼓動が高鳴った。

「えっ、突然、どうしたの?」

智美は驚いた様子だったが、嫌がる素振りは微塵もない。だから、直紀は思いきって口を開いた。

「お、俺……か、神崎さんのこと……」

いざ告白するとなると、極度の緊張で声が掠れてしまう。直紀はいったん言葉を切って、何度も唾《つば》を飲みこんだ。その間、彼女はなにも言うことなく、じっと待っていてくれた。

「す……好きです」

想いを言葉にした途端、顔が燃えるように熱くなった。

感情が昂《たかぶ》って涙腺が緩《ゆる》みそうになる。それでも、まっすぐ彼女の瞳を見つめて返事を待った。

「わたし……」

智美は言い淀んで顔をうつむかせた。

なんでもいいから答えてほしい。だが、彼女は視線をそらすと、それきり黙りこんでしまった。

彼女の気持ちがまったくわからない。涙を堪《こら》えているのか、下唇を小さく嚙《か》んでいる。告白されて困惑しているようにも見えるし、感激して言葉を失っているとも受け取れた。

「ほ、本気なんです！」

緊張しているが、気持ちはますます昂っている。無意識のうちに、両手を彼女の肩に置いていた。

「と、智美さん……ずっと前から好きでした！」

思いきって、いつも心のなかでそうしているように名前で呼びかけてみる。そして、再び強い口調で想いを伝えた。ところが、智美はうつむいたままで答えない。もどかしくて、居ても立ってもいられず女体を抱きしめてしまった。

「あ……」

彼女は小さな声を漏《も》らしたが、まったく拒絶しなかった。

直紀のワイシャツの胸に頬を押し当てている。身をよじることもなく、ただじっとしていた。つい大胆な行動に出てしまったが、もう気持ちをとめられない。受け入れてくれたものと判断して、勢いで唇を重ねていった。

「ンっ……」

智美が微かに鼻を鳴らした。女体に緊張が走るが、それも一瞬だけだった。すぐに身体から力を抜いてくれた。

(ああ、智美さんとキスしてるんだ)

夢を見ているようだった。

何度も妄想してきたことが現実になっている。多幸感が胸にひろがり、智美の背中にまわした両手に力が入った。

桜色の唇は蕩《とろ》けるほど柔らかく、それでいながらプルンッと張りがある。舌を伸ばして恐るおそるなぞれば、彼女は唇をそっと半開きにしてくれた。

「はンンっ……な、直紀くん」

しかも、智美も名前で呼んでくれた。これで、ますますテンションがあがってしまう。居酒屋の個室だということを忘れたわけではない。だが、もっと熱いキスを交わしたくて、舌を深く差し入れた。

「す、好きです……んんっ」

「あンンっ」

奥で縮こまっている彼女の舌を搦《から》め捕ろうとしたとき、聞き慣れないサイレンのような音が響き渡った。

「な、なんだ？」

「……ごめんね、姉からメールだわ」

それまでじっとしていた智美が、はっとした様子で身体を離した。

ずいぶん特殊な着信音だ。智美はジャケットの内ポケットからスマホを取り出し、すぐさまメールの確認をはじめた。

(いい雰囲気だったのにな……)

そんなことを考えながら待っていると、彼女の顔色が見るみる変わっていった。

「智美さん?」

気になって声をかけるが、智美はスマホの画面を見つめて固まっていた。頬がひきつっている。なにかあったのは間違いなかった。

「大丈夫……ですか?」

「実家のほうで、ちょっと……」

智美はそう言ったきり口をつぐんでしまう。

もう口づけを交わす雰囲気ではなくなっていた。緊急を要する事態だろうか。とにかく、実家でなにか気にかかることがあったようだった。

2

金曜日の朝、直紀は通勤ラッシュを避けて東京のアパートを出発した。

新幹線と在来線を乗り継ぎ、四時間半後、山陰地方のとある小さな駅のホームに降り立った。

「すごいところだな……」

無人駅の改札を抜けて、思わず声に出してつぶやいた。

周辺には商店も民家も見当たらない。錆《さび》の浮いた自動販売機がぽつんと置いてあるが、電源は入っていなかった。人の気配がいっさいなく、まだ昼過ぎだというのに深夜のように静まり返っていた。

路線バスは一日に三本しか走っていなかった。乗り継ぎが悪いため、なにもない駅で二時間も待たされた。時間がもったいないのでタクシーに乗ろうかと思ったが、走っていないのだから話にならなかった。

ようやくバスがやってきた。排気ガスが真っ黒で、やけにエンジン音がうるさかった。乗客は直紀のほかに、最初から乗っていた老婆と顔色の悪い老人だけ。二人は珍獣でも見るような目を直紀に向けてきた。

なにしろ呆れるほどなにもない田舎の駅だ。住民以外が訪れることは、まずないだろう。珍しがられるのは当然のことだった。

バスは山間部の曲がりくねった道を、苦しげな音を響かせながら走っていく。窓の外には、深閑《しんかん》とした森がひろがっていた。

(なんだか不安になるな……)

かれこれ一時間近く揺られているが、山道が延々とつづいている。建物はひとつもなく、この先に人が住んでいる村があるとは思えなかった。

だが、道順はこれで合っているはずだ。事前にインターネットで調べてきたので間違いない。智美の実家の住所は、総務課にいる同期入社の友人にこっそり教えてもらった。

(智美さん、どうしたんだろう?)

脳裏に浮かぶのは彼女のことばかりだ。

とにかく智美に会いたい。そして、なにがあったのか事情を確認して、東京に連れて帰りたかった。

ゴールデンウィークが終わったばかりにもかかわらず有給休暇を申請して、金曜日を休みにした。上司は前代未聞だと呆れていたが、智美になにかあったのではと心配でならなかった。

ようやくバスは目的の停留所『夕霧村入口《ゆうぎりむら》』に到着した。

降車したのは直紀だけだ。ここからは徒歩で、智美の実家がある夕霧村に向かうことになる。事前に地図で確認したところ、ここからそれほど遠くないはずだ。とはいえ、人影がまったく見当たらないのが不安だった。

すでに日が傾き、西の空が燃えるようなオレンジに染まっていた。山の稜線をカラスが飛んでいくのを目にして、物悲しい気持ちになってしまう。

とにかく、日が暮れる前に辿《たど》り着きたかった。

周囲を見まわすが、村を示す標識の類《たぐい》はいっさいない。ただ少し先の道端に、木製の杭が刺さっているのを発見した。

歩み寄ってみると、杭の向こう側に脇道があった。

舗装はされておらず、雑草が踏み倒された跡があるだけだ。杭がなければ見落としていただろう。獣道《けもの》と言ったほうが相応《ふさわ》しい小径《こみち》だった。

（ここを入っていくのか？）

他に脇道は見当たらない。小径は森のなかにつづいている。先が曲がっているため、奥まで見通すことはできなかった。

以前はこの杭に、村の名前が書かれた板が打ちつけられていたのではないか。嵐かなにかで壊れて、そのまま放置されているのだろう。

（よし、行くか）

気合いを入れると、森のなかにつづく小径に分け入った。

頭上を木の枝が覆っており、まるでトンネルのようになっている。思いのほか薄暗く、空気がひんやりしていた。

五月に入っていたが、ジーパンに薄手のブルゾンでは少々肌寒い。東京と比べると、体感温度はずいぶん低かった。

小径はくだり道になっていた。まるで地の底に向かっていくような気分だ。しかも、気づくと周囲がうっすら白くなっていた。どうやら霧が出てきたらしい。本当にこの獣道の先に村があるのだろうか。

（なんか、おかしくないか？）

霧が出てきたことで、なにやら怪しい雰囲気になってくる。ますます不安な気持ちに拍車がかかった。

もしかしたら道を間違えたのかもしれない。今ならまだ間に合う。深みに嵌《はま》る前に、いったん戻るべきではないか。逡巡しながら歩いていると、いきなり森を抜けて広い場所に出た。

（ここは……）

あたりに霧が立ちこめている。日が暮れかけて薄暗いこともあり、目を凝《こ》らしても周囲をはっきり確認することができない。外灯の類がないので、とにかく暗くて静かだった。

ただ重く沈んだ空気だけが漂っている。ゆっくり流れる霧の向こうに、ぽつぽつと建っている家がうっすら見えた。しかし、どの住宅も老朽化しており、淋しげな景色がひろがっていた。

（村……なのか？）

荒涼とした眺めに直紀が呆然としていると、

「こんばんは」

ふいに女性の声が聞こえて、ぎくっとした。

さらに土を踏みしめる微かな足音が近づいてくる。直紀は思わず息を呑んで立ちつくした。身動きできずに固まっていると、霧のなかからふわっとひとりの女性が姿を現わした。

藍《あい》色の地に紫陽花《あじさい》が描かれた着物を身に纏《まと》い、黒髪をきっちり結いあげている。切れ長の涼やかな瞳が印象的で、口もとには優雅な笑みを湛《たた》えていた。年は三十過ぎといったところだろうか、落ち着いた雰囲気の女性だった。

「向井さまでいらっしゃいますね」

抑揚の少ない声が鼓膜を静かに振動させる。あたりに漂う霧のせいか、彼女の姿が神秘的に感じられた。

「どうして……俺の名前を？」

美貌に圧倒されて後ずさりしそうになる。直紀はなんとか踏みとどまり、やっとのことで口を開いた。

「申し遅れました。矢島《やじま》屋の女将《おかみ》、矢島由里子《ゆりこ》と申します」

着物の女性が穏やかな声で語りかけてくる。

固まっていた直紀は、「矢島屋」と聞いてようやく理解した。彼女は事前に予約しておいた旅館の女将だった。

「じゃあ、ここが……」

「はい、夕霧村でございます。ようこそおいでくださいました」

由里子は丁重に腰を折り、微笑を浮かべて迎えてくれた。その瞬間、緊張の糸が切れて、思わず座りこみそうになった。

「よかった……ここで合ってたんだ」

思わず安堵のつぶやきが溢れ出した。

腕時計に視線を落とすと、すでに夕方五時をまわっていた。東京からじつに八時間の長旅で、ようやく智美の生まれ故郷である夕霧村に到着したのだ。気を張っていたらしく、疲労が色濃く蓄積していた。

「そろそろいらっしゃると思って、お待ちしておりました。霧が濃くて見えないでしょうから。さあ、こちらへどうぞ」

バスの本数が少ないので、客の到着する時間が予想できるという。由里子は直紀を先導するように歩きはじめた。

慌てて後をついていくと、張りつめたヒップが視界に入った。着物に包まれた双臀《そうでん》は、まるでゴム毬《まり》をふたつ詰めたように丸々している。彼女が歩を進めるたび、ゆったりと左右に揺れていた。

(これは、なかなか……)

先ほどまでの不安感は収まり、つい視線が尻に向いてしまう。彼女が落ち着いた雰囲気の女性だからこそ、肉感的な双臀に惹《ひ》きつけられた。着物の上からでも、むっちりした肉づきが確認できた。

「き、霧がすごいですね」

尻に気持ちを奪われながらも、素朴な疑問を口にする。日がほとんど落ちたことで、さらに視界が悪くなっていた。

「谷霧です。このあたりは朝晩の寒暖の差が大きいので霧が出やすいんです」

放射冷却によって発生した霧が、谷間に流れこんで溜まったものが谷霧と呼ばれるのだという。周囲を山に囲まれた地形が関係しているらしく、夕霧村では毎年この時期に谷霧が見られるらしい。

「これから、霧は日一日と濃くなっていきます。そして、すべてを包みこんでくれるのです」

表情はうかがえないが、由里子は熱っぽく説明してくれた。

「夕霧村では、谷霧は神性なものとされています。谷霧とともに現れるなんて、向井さまは不思議な方ですね」

静かにくねる尻とともに、女将の声が妙に艶《つや》めいて聞こえたのは気のせいだろうか。

「そ、そうでしょうか……は、ははっ」

彼女の言葉にどう応じればいいのかわからず、直紀は曖昧《あいまい》な笑みを浮かべることしかできなかった。

ほどなくして矢島屋に到着した。

歴史を感じさせる木造平屋の日本家屋で、旅館というより大きめの民家という印象だ。夕霧村の旅館は一軒だけなのにこの規模ということは、旅行者はそれほどいないのだろう。

「いらっしゃいませ」

由里子はあらためて腰を折りながら引き戸を開けてくれた。

「ど、どうも……」

あまり丁寧にされると緊張してしまう。直紀はペコリと頭をさげて、玄関に足を踏み入れた。

(あ、この感じ……)

初めて訪れた場所なのに懐かしさを感じる。古い木の匂いが漂っており、幼少期によく訪れた祖母の家を思い出した。

スニーカーを脱いで、板敷きの床にあがった。築年数はかなり経っているが、床も柱も磨きこまれて艶々と光っていた。

玄関のすぐ脇がフロントになっている。女将にうながされるまま、宿帳に名前と住所を記入した。

「では、お部屋にご案内いたします」

由里子が楚々《そそ》とした足取りで、板張りの廊下を歩いていく。普段、着物姿の女性に接することがないため、彼女の白い足袋《たび》が新鮮に映った。

「こちら、松の間でございます」

思いのほか立派な部屋に通された。十畳の二間つづきで襖が開け放たれており、なおさら広く感じられた。

「あ、あの、広すぎませんか？」

一名で予約したはずだが、なにか手違いがあったのだろうか。困惑して告げると、由里子は穏やかな笑みを浮かべた。

「今夜のお客さまは向井さまだけですので、どうぞこちらのお部屋でくつろいでくださいませ」

他に宿泊客がいないので、無料でアップグレードしてくれたという。しかも、もっとも上等な部屋だと聞いて恐縮してしまう。なるほど、欄間《らんま》には龍虎の見事な彫刻が施されており、床の間にも雰囲気のある水墨画の掛け軸がかかっていた。

「俺には、もったいないような……」

「遠慮なさらずに、さあどうぞ」

由里子に勧められて、おずおずと座椅子に腰をおろした。

「お食事になさいますか？　それとも、お風呂になさいますか？」

彼女は畳の上に正座をすると、お茶の支度をしながら尋《たず》ねてくる。そのとき初めて直紀は空腹を自覚した。新幹線のなかで朝食兼昼食の駅弁を食べたきり、なにも口にしていなかった。

（でも、飯を食ってる場合じゃ……）

智美の顔が脳裏に浮かんだ。

彼女がどうしているのか考えると、途端に落ち着かなくなってしまう。もう二週間近くも連絡が取れていないのだ。だが、いきなり訪ねていくには、いささか遅い時間になってしまった。

智美の家族に嫌われるのは得策ではない。ただでさえ電話も取り次いでもらえないのだ。もしかしたら、気むずかしい人なのかもしれない。それに無断欠勤が続いているのだから、なにか特別な事情があるのかもしれなかった。

早く智美に会いたいが、明日の朝にしたほうがいいだろう。とにかく、慎重に事を運ばなければならなかった。

（すぐ近くまで来たんだ……焦っちゃダメだ）

心のなかで自分自身に言い聞かせた。

彼女に会えなければ、ここまで来た意味がなくなってしまう。疲れも溜まっているので、明日に備えて今夜はゆっくり休むことにした。

「じゃあ、食事をお願いできますか」

「承知いたしました。楽にしてお待ちくださいね」

由里子は微笑を浮かべて告げると、いったん部屋から出ていった。

(なんか緊張するな……)

ひとりになっても、なぜかリラックスできずにいた。

智美のことが気になるのはもちろんだが、女将の存在も心をざわつかせる要因だった。これまで出会ったことのない着物が似合う凛《りん》とした大人の女性だ。切れ長の瞳で見つめられると、心まで見透かされている気がした。

女将が淹《い》れてくれたお茶をひと口飲んだ。さらに小さく深呼吸をするが、どうにも気持ちがざわついていた。

そんなことをしている間に、お盆を手にした由里子が戻ってきた。

料理の載った皿が次々と座卓に並べられていく。山で採れたタラの芽の天ぷら、村で作っているじゃがいもとにんじんの味噌汁、それに近くの川で獲れたという川魚の焼き物など、ほとんどが地元産の食材を使ったものだった。

「ああ、いい匂いだ」

味噌汁と焼き魚の香りが食欲をそそり、思わず大きく息を吸いこんだ。

「おかわりもあるので、たくさん食べてください」

由里子はお櫃《ひつ》の前で正座をすると、やさしげな眼差《まなざ》しを向けてきた。

背筋をすっと伸ばした姿は、惚《ほ》れぼれするほど凛としている。どうやら、このまま部屋に残り、世話をしてくれるらしい。申しわけない気もするが、今夜は他に客がいないと言っていたので断るのも悪いと思った。

「では、いただきます」

さっそく料理に箸《はし》をつけた。

どれも味付けが絶妙で、ご飯がどんどん進んでしまう。素材が新鮮だというのもあるが、やはり料理人の腕がいいに違いない。空腹だったこともあり、なおのことおいしく感じた。

「おかわりはいかがですか?」

「あ、いただきます」

普段はそんなに食べないのだが、せっかくなのでおかわりする。不思議なほど食欲があり、あっという間に平らげてしまった。

「すごくおいしかったです。ごちそうさまでした」

「お粗末さまです」

由里子は額が畳につくほど頭をさげた。

「お口に合ったようで、なによりでございます」

彼女が嬉しそうに目を細めるのを見たとき、ピンと来るものがあった。直紀はもしやと思いながら口を開いた。

「この料理、女将さんが？」

「はい、わたしが作りました」

思ったとおりだった。しかし、旅館の女将が料理を作っているとは驚きだ。

「料理人さんは、いないんですか？」

考えてみれば、まだ他の従業員の姿を見かけていない。それに他の宿泊客がいないとはいえ、旅館のなかはやけに静かだった。

「小さな旅館ですから、わたしだけでやっています」

信じられないことに、すべての業務を彼女ひとりでこなしているという。館内は塵《ちり》ひとつ落ちていないほど掃除が行き届いていた。それでいながら、絶品の料理まで用意するのだから素晴らしい気遣いだった。

「おひとりで大変じゃないですか？」

「慣れていますから。でも、せめて夫がいてくれたら……」

由里子が伏し目がちにぽつりとつぶやいた。

「村は仕事が少ないので、街に出稼ぎに行ってるんです」

気を取り直した様子で顔をあげるが、どこか陰のある感じが気になった。

「三年前、わたしが三十歳のときに結婚しました。でも、いっしょに暮らしている期間のほうが短いんです」

「そうだったんですか……なんかすみません。ヘンなこと聞いちゃって」

きっと夫と離ればなれの生活で、淋しい思いをしているに違いない。直紀もしばらく智美に会っていないため、女将の気持ちが少しはわかる気がした。

「い、いいえ、お客さまに気を遣っていただくなんて……つまらない話を聞かせてしまって、わたしのほうこそごめんなさい。女将、失格ですね」

由里子がおどけた様子で笑ってくれたのでほっとした。

「夕霧村には、ご旅行ですか？　うちをご利用になるお客さまは、大半が登山か釣りが目的なんです」

さりげない言葉のなかに、探るような響きが見え隠れする。直紀は登山の装備も釣り道具も持っていない。こんな山奥の村にひとりで来たのだから、彼女が不思議に思うのは当然のことだった。

「じつは……人に会いに来たんです」

直紀は逡巡しながら口を開いた。

客の目的がわからなければ、女将としても気になるだろう。彼女の不安を解消させる意味もあったが、なにか智美の情報が得られるかもしれないという微かな期待もあった。なにしろ連絡が取れないので、智美が本当に帰省しているかどうかも確信が持てずにいた。

「神崎智美さん、っていうんですけど」

慎重に名前を口にする。その瞬間、由里子の眉がわずかに動いた。

「もしかして、ご存知なんですか？」

「ええ、もちろん……小さな村ですから」

彼女の声が硬く感じたが、気にしている余裕はなかった。

「俺、東京で智美さんと同じ会社で働いています。ゴールデンウィークに里帰りしてから連絡が取れなくなっちゃって、心配で様子を見に来たんです」

思わず前のめりになって捲《まく》し立てる。智美を知っている人に会って、つい気持ちが先走ってしまった。

「智美さん、帰ってるんですよね？」

「帰省しているとは聞いてますけど、会ってはいません」

由里子は穏やかな調子でしゃべっているが、やはり表情が硬く感じる。先ほどまでとは、どこか様子が違っていた。

とにかく、智美は帰省している。この村のどこかにいるのだ。それがわかっただけでも、はるばる東京から来た甲斐があった。

「よかった。明日、会いにいってみます」

近くにいると思うと、なおさら会いたくなる。一刻も早く智美の顔を見て、言葉を交わしたかった。

「そうですか……智美さんのお知り合いでしたか」

由里子はなにやらひとりで頷《うなず》くと、まっすぐ直紀の目を見つめてきた。

「温泉はいかがですか。ゆっくり浸かれば、旅の疲れが取れますよ」

「それじゃあ、せっかくなんで……」

どうせ今夜はなにもできない。それなら久しぶりに温泉にでも浸かって、鋭気を養うのもいいと思った。

「では、ご案内いたします」

女将に連れられて部屋を出ると、長い廊下を歩いて大浴場に向かう。静まり返った館内に、二人の足音だけが響いていた。

（この旅館にいるのは、俺と女将さんだけなんだよな……）

だからといって、なにかあるわけではない。それでも、二人きりだと思うと意味もなく意識してしまう。

「露天風呂もありますので、ごゆっくりどうぞ」

由里子は藍色の暖簾《のれん》がさがった脱衣所の前まで案内してくれた。そして、柔らかい笑みを浮かべて、あっさりさがってしまった。

もしかしたら背中を流してもらえるかも、などと内心期待していた。だが、そんなことがあるはずもなく、直紀は思わず苦笑を漏らしながら脱衣所で服を脱いで裸になった。

風呂場は想像していたよりもこぢんまりしていた。ただ、旅館の規模を考えれば当然かと思う。それでも、温泉の匂いがするのが嬉しかった。

熱い湯で体を流して、備えつけのシャンプーで頭をガシガシ洗う。すっきりしたところで、奥のガラス戸を開けて露天風呂に向かった。

（おっ、これはいいぞ）

それほど大きくないが岩風呂だ。注ぎ口から湯がどんどん流れており、心地よい音を響かせていた。

周囲は竹垣になっており、照明器具はあえて設置されていない。内風呂から漏れてくる明かりだけなので雰囲気がある。霧がなければ、夜空に瞬《またた》く星を楽しむことができるだろう。

今は白い霧が頭上をすっぽり覆っているため、星はひとつも見えなかった。

智美といっしょに温泉に浸かることができたら、どれほど幸せだろう。そのとき満天の星空が見えれば、最高にロマンチックな気分になるに違いないと、つい夢想してしまう。

さっそく湯に浸かってみると、少し熱めなのが心地よかった。最初だけ我慢すれば、すぐ熱さに慣れてくる。両手で湯を掬《すく》って顔をザブッと洗えば、全身の力が抜けて思わず溜め息が溢れ出した。

「ふぅっ、最高だ」

体の芯まで温まり、緊張していた心が緩んでいくのがわかる。おいしい食事を摂《と》って温泉に浸かったことで、張りつめていた気持ちが少しだけ楽になった。

脱衣所に用意されていた浴衣《ゆかた》を身に着けた。

部屋に戻ると、座卓が壁際に寄せられており、十畳間の真ん中に布団が敷かれていた。直紀が温泉に浸かっている間に、女将が準備してくれたらしい。至れり尽くせりとはこのことだった。

ふかふかの布団に誘われて倒れこむと、お日様の香りがした。

(ああ、いい匂いだ)

旅の疲れが出たらしく、すぐに瞼《まぶた》が重くなった。

意識がぐんにゃり歪んで、体が布団に沈みこんでいくようだ。睡魔が急速に勢力を増して、直紀の意識を呑みこもうとしていた。

（電気を消さないと……）

仰向《あおむ》けになり、虚《うつ》ろな目で天井を見あげる。和風の四角い傘のなかで、丸形蛍光灯が煌々《こうこう》と光っていた。

だが、もう立ちあがる気力は残っていなかった。いよいよ瞼が開かなくなり、電気は点《つ》けっぱなしにしたまま、掛け布団のなかに潜りこむ。柔らかく包まれる感覚のなか、意識が急速にぼやけて霧散《むさん》した。

3

「はぁ……」

女性の溜め息が近くで聞こえた。

それだけではない。衣擦《きぬず》れの音が夜の空気を震わせて、股間になにやら違和感を覚えていた。

（ん……なんだ？）

暗闇の底に沈んでいた意識がゆっくり浮上していく。まだ目は閉じており、頭もぼんやりしていた。

（なんだ、夢か……）

あたりは静まり返っている。

再び睡魔に身をまかせようとしたときだった。股間になにかが触れて、体がピクッと小さく跳ねあがった。

寝惚けながらも重たい瞼を開いていく。すると、豆球の橙色《だいだい》の光が目に入った。ぼんやりとした明かりが、部屋のなかを照らしていた。

（……あれ？）

アパートの自室ではない。ここは夕霧村の温泉宿だ。

朦朧《もうろう》としながら記憶の糸を手繰《たぐ》り寄せる。確か長旅で疲れきって、電気を点けっぱなしのまま寝てしまったはずだ。消さなければと思ったが、起きることができなかった。それなのに、なぜか今は豆球になっていた。

「ううっ」

そのとき、またしても股間に刺激がひろがった。

まるでペニスの裏側をくすぐるような感覚だ。しかも、すぐ近くに人の気配を感じてはっとする。とっさに頭を持ちあげて、己の股間を見おろした。

「なっ……」

そこにひろがっていたのは驚愕の光景だった。

布団が大きくはだけている。浴衣の帯もほどけており、前が左右に開いていた。それだけではない。なぜか脚の間に誰かが入りこんで正座をしていた。

旅館の女将である由里子だった。

しかも、女将は前屈みになって、直紀の股間に顔を寄せている。ボクサーブリーフが脱がされており、剝き出しのペニスに両手が添えられていた。彼女の目と鼻の先で、男根は半勃《はんだ》ち状態だった。

「お……女将さん？」

なにが起こっているのか、まったく理解できない。直紀は頭を持ちあげた状態で、身動きができなくなった。

彼女も白地に藍色の草花が描かれた浴衣を纏っている。黒髪は結いあげたままなので、艶めいた表情が豆球の明かりの下ではっきり確認できた。

「はあンっ」

由里子が舌を伸ばして、吐息とともにペニスの裏側を舐《な》めあげてくる。途端に甘い痺れがひろがり、下半身がビクッと反応した。

「うくっ！」

思わず呻《うめ》き声が漏れてしまう。柔らかい舌の感触で、わずかに残っていた眠気が完全に吹き飛んだ。

「ちょっ、ちょっと……な、なにを？」

慌てて問いかけるが、彼女は再び裏筋に舌先を這わせてくる。触れるか触れないかの微妙なタッチで、根元から亀頭に向かってくすぐってきた。

「くっ……ううっ」

甘い刺激がひろがり、ペニスがむくむく膨らんでしまう。直紀が起きる前から舐められていたのだろう。それを自覚すると、快感はより顕著《けんちょ》なものになっていた。もはや男根は完全に屹立《きつりつ》して、雄々しく反り返ってしまった。

「ああっ、素敵……ンンっ」

由里子はひとり言をつぶやきながら、さらに舌を伸ばしてくる。裏筋をゆっくり丁寧に舐めあげてきた。

あの凜とした女将とは思えないふしだらな表情になっている。屹立した肉柱を愛《いと》おしげに撫でまわす指先も、滑らかにねちっこく蠢《うごめ》く舌先も、なにもかもが別人のように淫らだった。

「くううっ……ま、待ってください」

懸命に訴えると、女将はようやくペニスから顔を離して見あげてくる。そして、悪《いた》戯《ずら》が見つかった子供のように、恥ずかしげに肩をすくめた。

「ごめんなさい……わたし、我慢できなくて」

彼女が申しわけなさげに告げるから、直紀はますますわけがわからなくなる。いったい、どうしてこんなことになったのだろう。困惑していると、由里子は太幹の根元に両手を添えたまま話しはじめた。

「夫と会えないから……男の人のお世話をするのが嬉しくて、つい……」

「で、でも、俺はただの客ですよ」

まだペニスには女将の細い指が添えられている。想いを寄せる智美の顔が脳裏に浮かび、このままではいけないという気持ちがこみあげた。

「と、とにかく手を……」

直紀がつぶやくと、彼女は太幹をやさしく握りしめてくる。たったそれだけで快感がひろがり、両脚がつま先までピーンッと伸びきった。

「ううっ！」

「もう夫は……村に帰ってこないかもしれないんです」

由里子は今にも消え入りそうな声でつぶやき、潤んだ瞳で見あげてきた。

「ど、どうして……帰ってこないんですか」

ペニスを握られたまま問いかける。すると、由里子は亀頭に熱い息を吹きかけながら口を開いた。

「子供ができなかったから」

「うむっ、い、息が……」

「結婚したからには、子供を作らないと」

夫婦は子宝に恵まれなかったらしい。とはいえ、確か結婚してまだ三年だと言っていた。子供ができないという判断をくだすのは早すぎるのではないか。これから、いくらでもチャンスはある気がした。

「そんなに焦らなくても、まだ……」

直紀が慰めの言葉をかけようとすると、彼女は小さく首を振った。

「悠長なことは言ってられないんです。この村は子供が少ないですから」

寂れた村では少子化が深刻な問題なのかもしれない。結婚すると、子供を期待されてしまうのだろう。でも、子供ができなかったことで、夫が出稼ぎ先から帰ってこないというのは気の毒だった。

そんな彼女が不憫《ふびん》でならず、無下に突き放すことができなくなってしまう。だからといって、この状況を受け入れることもできなかった。

「でも、やっぱり淋しいんです」

またしても熱い吐息が亀頭を撫でた。

「うっ……お、女将さん」

「お願いです。今夜だけ……ンっ」

由里子は切実な瞳を向けて懇願すると、またしてもペニスの裏側を舐めあげる。ピンクの舌を伸ばして、裏筋そっとくすぐってきた。

「くううっ……ま、待ってください」

慌ててつぶやくが、彼女のつらい身の上を思うと突き放せない。本気で抗うことはできなかった。

（でも、俺には大切な人が……）

東京から智美に会うためにやってきた。彼女のことを考えると、このまま流される
わけにもいかない。心を鬼にして拒絶しようとしたとき、ペニスの先端をぱっくり咥《くわ》
えこまれた。

「向井さま……あふンンっ」

「うわっ、ちょ、ちょっと……」

突き放す間もなかった。柔らかい唇がカリ首に密着して、すぐさまスライドを開始
する。動転している隙に、肉棒が熱い口内にヌルヌルと呑みこまれていった。

「くおおっ、お、女将さんっ」

女将の吐息に包まれて、途端に腰が小刻みに震えはじめた。

じつはフェラチオされるのは初めての経験だ。学生時代の恋人が初体験の相手だっ
たが、口でしてもらったことはなかった。

（まさか、こんなことを……）

わけがわからないうちに、美熟女の口のなかに含まれて、ペニスが蕩けるような感

覚に包まれた。

唾液をたっぷり乗せた舌が、亀頭を飴玉のように舐めまわしてくる。ヌルリ、ヌルリと這いまわる感覚がたまらない。唇が太幹の表面を滑るのも心地よくて、もう抗うことなどできなかった。

（ううう……）

智美のことを忘れたわけではない。だが、初めてのフェラチオがもたらす快感は、想像をはるかに超えていた。

とろみのある唾液が、男根全体をしっとり包みこみ、柔らかい唇が根元からカリ首にかけてを往復する。そうしながら、うねる舌が裏筋や亀頭をやさしく舐めまわしていた。

「あふっ……はむっ……ンふっ」

由里子は鼻にかかった声を漏らしつつ、首をゆったり振っている。脚の間に正座をして、前屈みの姿勢でペニスを熱心にしゃぶっていた。

「ううっ、そ、そんなことされたら……」

先走り液がとまらない。唇が一往復するたびに、新たな我慢汁が溢れてしまう。生《なま》臭さが口のなかにひろがっているはずだ。それでも彼女は口唇奉仕をやめようとしない。それどころか、上目遣《うわめづか》いで直紀の顔を見つめてきた。

「はむンンっ、大きくて立派です」

視線を重ねた状態で、男根をねぶりまわしてくる。舌先で尿道口をチロチロくすぐったかと思えば、頬がぼっこり窪むほどペニスを吸いあげてきた。

「おううっ、そ、それ、すごいです」

思わず両手でシーツを摑《つか》み、震える声で訴える。すると彼女の愛撫にますます熱が籠《こ》もり、ねちっこく首を振りたててきた。

顔を右に左に揺らしながら唇を滑らせることで、ペニス全体がこれまで経験したことのない快楽に包まれる。無意識のうちに尻がシーツから浮きあがり、全身の筋肉が硬直した。

「くううッ、ま、待ってください」

これ以上されたら射精してしまう。懸命に訴えるが、彼女はいっこうにやめる気配がない。それどころか、ますます首振りのスピードを速めてしまう。

「うふっ……あふっ……はふンっ」

リズミカルな吐息とともに、唇が肉棒の表面を滑りまくる。快感は瞬く間に大きくなり、射精欲がどうしようもないほど膨らんだ。

「ううッ、も、もうっ、くううッ」

奥歯を食い縛《しば》るが、未知の快楽に耐えられない。己の股間を見おろせば、美熟女の女将がペニスを根元まで咥えこんでいる。豆球のぼんやりした光のなか、ジュポッ、ジュポッと湿った音を響かせながら執拗に首を振っていた。

「ダ、ダメです、おおおッ、もうダメですっ」

直紀が訴えるほどに、由里子のフェラチオは加速する。亀頭に舌を這わせて、さらには陰嚢《いんのう》を指先で揉んできた。

「うわっ、で、出ちゃうっ、出ちゃいますっ」

皺《しわ》袋のなかの睾丸を転がされると、腰に痙攣《けいれん》がひろがった。もう射精をこらえるだけで、なにも考えられない。彼女と目を合わせたまま、かつて経験したことのない快楽に没頭していた。

「あふンっ……むふふンっ」

由里子が怒張を根元まで口に含み、思いきり吸茎してくる。魂《たましい》まで吸い出されるような凄まじい快感で、直紀はたまらず腰を跳ねあげた。

「くおおッ、で、出るっ、出る出るっ、おおおおおおッ！」

とてもではないが耐えられなかった。雄叫《おたけ》びを響かせながら、思いきり男根を脈動させる。沸騰した精液が尿道を光速で駆け抜けて、亀頭の先端から勢いよく噴きあがった。

「ま、まだ出るっ、くううッ！」

「はむンンっ」

女将は口内で暴れまわるペニスを唇でしっかり押さえこんだ。直紀の目を見つめたまま欲望をすべて受けとめると、喉を鳴らして飲みくだす。嫌な顔ひとつせず、熱いザーメンを注ぎこまれる側から嚥下《えんげ》した。

射精の痙攣が収まるまで、彼女はペニスから口を離さなかった。

ゆったり首を振りつづけて、尿道に残っている精液まで一滴残らずすべて吸い出してくれた。

4

「はぁ……おいしかった」

由里子はうっとりした様子で囁《ささや》き、嬉しそうに見あげてくる。そして、ゆっくり身を起こして、浴衣の帯をほどきはじめた。肩をスルリと滑らせると、三十路《みそじ》の熟れた裸体が露《あら》わになった。

直紀は思わず息を呑んだ。

豆球の弱々しい光が、たっぷりとした乳房を照らし出した。驚いたことに、彼女は浴衣の下になにも身に着けていなかった。自らの手でブラジャーとパンティを取り去り、直紀が寝ている部屋に忍んできたのだ。

（ということは……）

どうしても想像が逞《たくま》しくなってしまう。

彼女が身じろぎするたび、下膨れした双《ふた》つの柔肉が重たげに揺れていた。柔らかい双乳の先端では、淡い桜色の乳首が屹立している。乳輪までふっくらしており、彼女の欲情度合いが手に取るようにわかった。

夫と離ればなれの暮らしで、熟れた身体を持てあましていたのだろう。くびれた腰をくねらせて、媚《こび》を含んだ濡れた瞳で見おろしてくる。情の深さを示すように、恥丘には漆黒の陰毛が自然な感じで色濃く茂っていた。

（お、女将さんが裸に……）

直紀は美熟女の裸体を前にして、声を出すこともできなかった。

豆球の明かりを浴びることで、女体に陰影が作られる。黒髪をアップにまとめているこもあり、ほっそりした首筋から鎖骨《さこつ》まで、すべてをはっきり確認することができた。

「向井さま……今夜はわたしのものになってください」

浴衣を完全に脱ぎ去ってすべてを晒《さら》すと、直紀の体に覆いかぶさってくる。乳房が胸板に触れて、温かさと柔らかさが直接伝わってきた。

「い……いけません」

掠れた声でつぶやくが、激しく拒絶しているわけではない。むしろ、これからなにがはじまるのか、胸のうちで期待が膨れあがっていくのを感じていた。

精液を絞り取られて半萎《はんな》えのペニスが、彼女の下腹部に密着している。臍《へそ》の下と恥丘の間の柔らかい部分が、肉棒の裏側をやさしく圧迫していた。

「お、女将さん……」

「お願いです、今夜だけ……今夜だけでいいですから」

由里子が甘い声とともに、柔らかい唇を首筋に押し当てる。それと同時に、細い指先で胸板をそっと撫でまわしてきた。

「ど……どうして？」

フェラチオで思いきり射精した快感で、頭の芯まで痺れきっている。それなのに愛撫をつづけられて、休む間もなく下腹部が疼《うず》きはじめていた。

「ごめんなさい……男の人が恋しくて」

由里子は耳もとで囁きながら、直紀の乳輪に触れてくる。焦《じ》らすように周囲をなぞられると、ほどなくして乳首が充血して硬くなった。そこをやさしく摘《つま》みあげられて体がビクッと反応した。

「ううっ……」

思わず小さな声が漏れてしまう。絶頂に達した直後で全身が過敏になっていた。

「乳首が感じるんですね」

由里子はあくまでもソフトな手つきで乳首を転がしてくる。またしても乳輪をなぞったかと思えば、乳首を指先でそっと摘んできた。

「くうっ、ま、待って……」

「ほら、こんなに硬くなってますよ」

「うむっ、お、女将さん」

男でも乳首がこんなに感じるとは知らなかった。彼女の指先に翻弄《ほんろう》されて、腰が自然とくねってしまう。体の反応を抑えようとするが、乳首を転がされると我慢できなかった。

「そんなに腰をよじって、乳首が気持ちいいんですか？」

耳もとに吐息を感じて背筋がゾクッとする。彼女の柔らかい唇が耳たぶに触れたかと思うと、やさしく甘嚙みしてきた。

「ううっ、ダ、ダメです」

熱い吐息も耳穴に吹きこまれて、腰を悶えさせずにはいられない。もうどうすればいいのかわからず、情けない呻き声を漏らしつづけた。

「なんか当たってます」

覆いかぶさっている由里子が、腰を軽く左右にくねらせる。すると、彼女の下腹部に触れていたペニスに、甘い刺激がひろがった。

「う、動かないで……くううっ」

射精した直後で男根は過敏になっている。彼女の柔らかい腹部で圧迫されて、先端から透明な汁が滲《にじ》み出していた。

「はぁっ、すごく熱くなってます」

由里子が溜め息混じりにつぶやき、さらにグリグリと下腹部を押しつけてくる。その間も乳首をいじられて、甘い刺激を送りこまれていた。

「そ、そんな……ダメです」

両手でシーツを強く握りしめる。精液をすべて絞り取られたはずなのに、男根は彼女の下腹部にめりこむほど硬化していた。

「もうカチカチですよ。苦しいですか？」

由里子が身体を起こしたことで、押さえつけられていたペニスが解放される。ビイインッと勢いよく跳ねあがり、大量に溢れていたカウパー汁が飛び散った。

「さっき出したばっかりなのに……すごいんですね」

女将がうっとりした声で囁き、直紀の股間を見つめてくる。男根は天を衝《つ》く勢いで屹立していた。

「どうして、こんなに大きくなってるんですか？」

「こ、これは、その……」

彼女の視線を感じるだけで、羞恥と期待が螺旋《らせん》状に絡み合って膨らんだ。

（お、俺は、なにをやってるんだ）

智美の顔が脳裏をよぎった。こんなことをしている場合ではないと思うが、女将の切なげな瞳を見るとなにも言えなくなってしまう。

「久しぶりなんです……男の人と触れ合うの」

由里子が小声でつぶやき、直紀の股間にまたがってくる。そのとき、赤々とした淫裂がチラリと見えた。

一瞬だったが見逃すはずがない。たっぷりの愛蜜で濡れそぼった陰唇が、まるで赤貝のように蠢いている。豆球の明かりのなかで、美熟女の割れ目がヌラヌラと光っていた。

（こ、これが、女将さんの……）

直紀はペニスを屹立させたまま、息をつめて動けなくなった。

物欲しげにうねる陰唇に魅入《みい》られたように、全身の筋肉が硬直していた。頭の片隅ではいけないと思っても、体が言うことを聞いてくれない。背徳感をともなう人妻との戯《たわむ》れに、甘い期待がいよいよ胸のうちで勢力を増していた。

そうしている間に、由里子は両膝をシーツにつけて股間にまたがった。

「くううっ」

ペニスに柔らかいものが触れて、快楽の呻き声が溢れ出す。ついに彼女の膣《ちつ》のなかに入ったと思ったが、期待は見事にすかされた。

男根は腹部に押しつけられて、太幹の裏側に彼女の割れ目が触れている。騎乗位の体勢で陰唇を密着させる、いわゆる素股の体勢になっていた。

（そ、そんな……）

思わず心のなかでつぶやいてしまう。

ここまで来て焦らされたことで、自らの欲望に気づかされた。頭ではいけないと思いつつ、本当は挿入したくて仕方がない。出会ったばかりの旅館の女将とひとつになり、腰を振りたくてたまらなかった。

「なるべく長く楽しみたいから……」

まるで直紀の心を見透かしたように、由里子が恥ずかしげに囁いた。そして、さらに股間を押しつけてきた。

「しばらくしてないの、だから……」

夫は出稼ぎに出ているため、長いこと刺激に飢えていたのだろう。枯渇状態の女体が、すぐに達してしまうと危惧しているらしい。女将はこの瞬間を楽しむように、陰唇で肉棒の熱気を感じていた。

「はあンっ、熱いです、向井さまのここ……」

由里子が掠れた声でつぶやき、潤んだ瞳で見おろしてくる。直紀の腹に両手を置くことで、結果として自分の腕で乳房を中央に寄せていた。

あれほど凛としていた女将が、こんなにも淫らに変貌するとは信じられない思いだった
「お……女将さん」

直紀は無意識のうちに手を伸ばして、由里子の豊かな乳房をそっと包みこんだ。

両手でゆったり揉みあげると、指がいとも簡単に沈むこむ。滑らかな肌が形を変えて、先端の乳首が迫《せ》り出してきた。

「向井さまのお好きなようにしてください……ンンっ」

女将が腰を前後に振りはじめる。陰唇で裏筋を撫でるように、スローペースで下腹部をうねらせてきた。

「うっ……ううっ」

濡れた陰唇が、ペニスの裏側をやさしく擦りあげる。甘い刺激がひろがり、亀頭の先端から透明な汁が染み出した。

乳房を揉みしだき、乳首をそっと摘みあげる。指先でクニクニと転がせば、由里子はくびれた腰を悩ましげにくねらせた。

「はああンっ、そ、そこ……好きです」

彼女が甘い声で応えてくれるから、ますます愛撫に拍車がかかる。屹立した乳首を指の股に挟みこみ、刺激しながら乳房を捏《こ》ねまわした。

「あ……あ……」

女将の腰の動きが少しだけ速くなる。己の股間を見おろせば、漆黒の秘毛がそよぐ恥丘が前後するたび、張りつめた亀頭が見え隠れした。

「くうっ……す、すごい」

快感がどんどん大きくなり、亀頭の先端から溢れる我慢汁の量が増えていく。それでも射精するには至らず、焦燥感ばかりが募《つの》っていった。焦れったいが、それがさらなる興奮を誘っている。彼女も同じ気持ちらしく、後《おく》れ毛を揺らしながら腰を前後に動かしつづけた。

「あン……あンン」

由里子の声が艶めいてくる。絶え間なく滲み出ている愛蜜が、肉棒をしっとり包みこんでいた。

「も、もう……ううっ」

中途半端な刺激だけを与えられて、全身の血液が煮えたようになってくる。陰唇でペニスを擦られるだけで、いっこうに絶頂を与えてもらえない。もっと強い快感が欲しくて股間を突きあげると、女将も我慢できないとばかりに甘ったるい喘ぎ声を振りまいた。

「ああっ、向井さま……わたし、もう……」

由里子は膝を片方ずつ立てて、足の裏をシーツにつける。ちょうど和式トイレでしゃがむような格好だ。そして、片手を股間に伸ばして肉胴を摑むと、亀頭の先端を陰唇にあてがった。

「うっ……お、女将さん」

もう拒絶することなど考えられない。一刻も早く彼女のなかにペニスを埋めこみたい。そして、思いきり粘膜を擦り合って、快楽の彼方に昇りつめたかった。

「ンっ、入ってくる……ンああっ」

女将がゆっくり腰を落としてくる。亀頭が二枚の陰唇を押し開き、巻きこみながら埋没した。

「お、女将さんのなかに……ぬうううッ」

こらえきれない呻き声が溢れ出す。ついに由里子とひとつになった。今日、出会ったばかりの美熟女とセックスしているのだ。

これまでの経験人数はひとりだけ。童貞を捧げた同い年の恋人が、唯一肌を重ねた相手だった。大学を卒業してから二年以上も機会がなかったのに、唐突にセックスしていることが信じられなかった。

「ああッ、か、硬い……硬いです」

由里子の唇から甘い声が溢れ出す。亀頭と膣粘膜を馴染ませると、さらに熟れた双臀をじわじわと下降させる。太幹が徐々に沈みこんで、女壺《つぼ》のなかに溜まっていた大量の華蜜が溢れ出した。

「くっ……す、すごい」

「お、大きい、こんなに大きいなんて……はああッ」

彼女が尻を完全に落としこんで、長大な肉柱が根元まで膣内に収まった。互いの股間がぴったり密着して陰毛が擦れ合う。女将は完全に座った状態で動きをとめて、下腹部を小刻みに波打たせた。

「そ、そんなに動いたら……くうッ」

膣襞《ひだ》のひとつひとつがバラバラにうねり、硬直した太幹に絡みついてくる。砲身の根元から先端まで、あますところなく這いまわってきた。

「はううッ、硬くて大きいです」

由里子が喘ぎながら、腰を大きく回転させる。男根をすべて呑みこんだ状態で、まるで石臼《いしうす》のように臀部をゆったりまわしはじめた。

「あッ……あッ……」

「くううッ、そ、それ……ううッ」

「あの人より、全然大きい……はああッ」

彼女が口走った「あの人」とは、おそらく夫のことだろう。微かな優越感が、直紀の気持ちを昂らせた。

屹立した怒張が、彼女の腰の動きに合わせて揺さぶられる。円を描くヒップの動きに連動して、うねるような快感の波が押し寄せてきた。

「お、女将さん……ゆ、ゆっくり……」

実際、彼女の動きはスローモーションのようだが、直紀は簡単に追いつめられてしまう。すでに射精欲が限界近くまで膨れあがっており、無数の膣襞で擦られる感覚がたまらなかった。

「あンっ、わ、わたしも……ああンっ」

由里子の声も上擦っている。もしかしたら絶頂が近づいているのかもしれない。そう思うと、なおのこと我慢できなくなった。

「お、俺……俺……」

なにしろ経験の浅い直紀である。ペニスを包みこむ女壺の刺激はもちろんだが、彼女の敏感な反応を目にするだけでも射精欲が煽《あお》られた。

「あぁッ、硬くて素敵です」

女将が甘えた声で囁いてくれるから、直紀の快感も大きくなる。もう長時間は耐えられない。彼女のくびれた腰に両手を添えると、真下から股間を突きあげた。

「はああッ、ダ、ダメっ、あああッ」

由里子の唇から嬌声《きようせい》が響き渡った。口では「ダメ」と言いながら、自分も腰をクイッ、クイッとくねらせている。男根を膣でしゃぶりつくすように、たっぷり愛蜜を滴《したた》らせて股間をしゃくりあげてきた。

「くううッ、き、気持ちいいっ」

快感の波が次から次へと押し寄せる。懸命に耐えるが、決壊のときは確実に迫っていた。本能にまかせて、とにかく男根を突きこんだ。

「ああッ、ああッ、い、いいのっ、これが欲しかったのっ」

ついに由里子も手放しで喘ぎはじめる。濡れ襞が大きくうねり、収縮と弛緩を繰り返す。カリが膣壁を擦りあげると、女体の震えが顕著になった。

「ああアッ、いいっ、いいのっ、はああッ」

膣がペニスを締めつけてきた。由里子の腰の動きと、直紀の股間の突きあげが一致する。快感はより激しさを増して、腰を振り合って喘ぐ二人を呑みこんだ。

「おおおッ、も、もうっ、もう出そうですっ」

「わ、わたし、ああアッ、わたしも、もうっ」

直紀が呻きながら訴えれば、由里子も喘ぎ混じりに告げてくる。凄まじい愉悦《ゆえつ》の嵐が吹き荒れて、頭のなかが真っ白になっていく。直紀は無意識のうちに体を起こすと、女体を強く抱きしめた。

「女将さんっ、うむううっ」

対面座位に移行して、いきなり唇を重ねて舌を侵入させる。すると、由里子もすぐに応じて舌を絡ませてきた。

「あふっ、向井さん、ンンンっ」

ディープキスをしながら腰を振りつづける。彼女も直紀の背中に手をまわすと、さらに股間をしゃくってきた。

向かい合った状態で、身体をぴったり密着させる。そうすることで一体感が高まり、ますます快感が大きくなった。

「おおおッ、おおおおおッ」

もう唸ることしかできない。舌を深く絡ませて、彼女の唾液を啜《すす》りあげる。そうしながら、剛根を女壺の奥まで突きこんだ。

「あああッ、ダメっ、もうダメっ」

女体がガクガク震え出す。膣が猛烈に収縮して、根元まで挿入したペニスをこれでもかと絞りあげた。

「ぬうううッ、で、出るっ、おおおッ、ぬおおおおおおおッ！」

ついに射精がはじまり、熟れた女体を強く抱きしめる。胸板で乳房を押し潰し、柔らかさを堪能しながら欲望汁を思いきり注ぎこんだ。

「あああッ、あ、熱いっ、はあああッ、イ、イクっ、イクうううッ！」

女将も絶頂の波に呑みこまれる。直紀の腕のなかで女体を仰《の》け反らせて、オルガスムスの嬌声を響かせた。

先ほど口唇奉仕で射精したにもかかわらず、驚くほど大量のザーメンが噴きあがった。瞬く間に女壺を埋めつくし、太幹と膣口の隙間から愛蜜と混ざり合った白濁液が溢れ出した。

　二人は抱き合ったまま、布団の上に倒れこんだ。

　呼吸が乱れており、互いに言葉はなかった。それでも、汗ばんだ乳房と胸板を密着させた状態を保っていた。

　由里子の膣は、男根をしっかり咥えこんで離そうとしない。小刻みな痙攣を繰り返して、アクメの余韻を楽しんでいた。

　直紀もすぐに腰を引くことなく、むしろ股間を突き出して押しこんだ。そうすることで、発射直後のペニスを締めつけられる愉悦を堪能した。


　どれくらい時間が経ったのだろう。満足して力を失ったペニスが、膣口からヌルリと抜け落ちた。

　いつしか呼吸も整い、アクメの痙攣も収まっている。仰向けに寝転んだ直紀に、由里子が添い寝をする格好になっていた。

　女将はおもむろに身を起こすと、こちらに背を向けて浴衣に袖《そで》を通しはじめた。豆球の明かりに照らされた姿は、どこか気怠《けだる》げだった。

直紀は呆《ほう》けた頭で、彼女の背中を見つめていた。

うなじに垂れかかった後れ毛が、行為の激しさを物語っている。彼女はそっと髪に手を添えると、顔を微かにうつむかせた。

「もうすぐ、村のお祭りがあるんです」

唐突なつぶやきだった。

由里子はこちらを振り向こうとしない。ひとり言のようで、直紀は返答するのをためらった。

「とても大切なお祭りなんです。向井さまも、できたら参加してくださいね」

やはり彼女はこちらを見なかった。だが、その言葉は直紀に向けられたものに間違いない。

（大切な村の祭りって……）

いったい、どういう祭りなのだろう。大切なものというくらいだから、伝統的な行事かもしれない。

しかし、部外者の自分が参加できるようなものなのだろうか。そもそも由里子は、今、なぜ祭りの話を直紀にしているのか。

次々と疑問が浮かぶが、なにやら彼女の背中には重苦しい雰囲気が漂っていて、直紀はなにも言うことができずにいた。

第二章　生娘《きむすめ》の儀式

1

襖越しに差しこむ朝日で目が覚めた。

怖いくらい物音ひとつ聞こえなかった。

直紀は布団を顎までかぶったまま、目だけ動かして部屋のなかを見まわした。もしやと思ったが、由里子の姿はどこにも見当たらなかった。

(なんだったんだ……)

小さく息を吐き出し、胸のうちでつぶやいた。

昨夜のことを思い返すと、夢だったような気がしてくる。しかし、布団のなかで自分の体に触れてみて、すべて現実のことだと理解した。直紀は浴衣はおろかボクサーブリーフさえ身に着けていなかった。

（そうだ、確か……）

昨夜は激しい情交で気力も体力も使い果たした。その後、急激な睡魔に襲われて、裸のまま眠りに落ちてしまった。

布団はおそらく彼女がかけてくれたのだろう。いつ部屋から出ていったのかも知らないほど熟睡していた。

（俺は、いったいなにを……）

後悔の念と荒淫の名残りである微かな疼きが、今も下腹部に渦巻いている。

旅館の女将に夜這《よば》いされて、いつしか欲望のままに腰を振り合った。智美のことを思いながらも、快楽に流されてしまったのだ。

かつて経験したことのない熱く激しい夜だった。

記憶がよみがえるほどに、自己嫌悪が深くなっていく。心に決めた人がいるにもかかわらず、他の女性と快楽を貪り合うなど最低だ。頭ではわかっているのに、昨夜は由里子の魅力に逆らえなかった。

あんなことをしておいて、どんな顔で智美に会えばいいのかわからない。だが、それでも彼女に会わなければならなかった。

直接、智美と話したい。

そして、どうして東京に戻ってこないのか聞きたかった。

実家に電話をしても取り次いでもらえないなど普通ではない。無断欠勤がつづいているが、今は上司の計らいで有給休暇扱いになっている。とはいえ、このままでは智美が解雇されるのは時間の問題だった。

とにかく、布団から這い出した。

部屋のトイレで用を足し、冷水で顔を洗って気合いを入れる。そして、ジーパンにチェックのネルシャツを身に着けた。

襖を開け放つと、窓の外には鬱蒼《うっそう》とした森がひろがっていた。白い霧がゆったり漂っており、明るいのに遠くまで見渡すことはできなかった。

(また霧か……)

そういえば、由里子がこの時期は谷霧が多いと言っていた。

視界が遮《さえぎ》られるせいか、霧のなかにいると不安な気持ちになってくる。脳裏に思い浮かべた智美の姿が、霧の彼方に消えていく気がした。

部屋を出ると、玄関に向かって歩いていく。昨夜のことがあるので由里子に会うのは気まずいが、なにも言わずに外出するのも違う気がした。

昨夜は暗かったのでわからなかったが、廊下のガラス戸の外は日本庭園になっていた。松が植えられており、小さいながらも池がある。そこに霧が立ちこめているため、なにやら幻想的な雰囲気だった。

静かな廊下に自分の足音だけが響いている。他に宿泊客はおらず、この宿にいるのは直紀と由里子だけだった。

（女将さんと二人きりか……）

直紀は今夜もここに泊まることになっていた。

また深夜に由里子が忍んできたら、どう対処すればいいのだろう。自分には想いを寄せる女性がいるのだから、受け入れるべきではない。だが、最後まで拒みつづける自信がなかった。

そんなことを考えながら進んでいく。すると、廊下の途中にある襖が音もなくすっと開いた。待ち構えていたようなタイミングに驚き、直紀は頬をひきつらせて立ちすくんだ。

「向井さま、おはようございます」

正座をした由里子が、深々と腰を折って頭をさげた。

この日も着物に身を包んでおり、黒髪をきっちり結いあげている。頭をさげているので、うなじまで露わになっていた。残念ながら、昨夜のような艶っぽい後れ毛は見当たらなかった。

「お……おはようございます」

懸命に平静を装《よそお》って挨拶すると、由里子はしなやかな所作《しょさ》で顔をあげた。

「昨夜はゆっくりお休みになられましたか？」

何事もなかったように、穏やかな声で尋ねてくる。

それでいながら、まっすぐ見つめてくる瞳の奥には、なにやら妖《あや》しげな炎が揺らめいていた。

「お、おかげさまで、ぐっすり……あっ、い、いや、違いますよ、深い意味はないんです」

しゃべっている途中で、誤解を招く表現だったことに気づいて訂正を試みる。だが、焦るあまり、しどろもどろになってしまった。

「ふふっ……わたしも久しぶりにぐっすり眠ることができました」

由里子は口もとに微かな笑みを浮かべると、再び腰を折って頭をさげた。

「向井さまのおかげです。ありがとうございました」

「い、いえ、そんな……」

お礼を言われるようなことはしていない。欲望に流されて、無我夢中で快楽を貪っただけだ。みっともなく唸りながら腰を振る己の醜態を思うと、羞恥のあまり顔が燃えるように熱くなった。

「朝食の支度ができております。どうぞ、こちらへ」

由里子が襖を大きく開けて迎え入れてくれた。

そこは二十畳ほどの大広間になっており、細長い座卓が真ん中に置かれていた。どうやら、団体客が食事をする部屋らしい。だが、この山奥の寂れた村に団体で訪れる客がいるのだろうか。

「先々代の女将のころは、もう少しお客さまが多かったと聞いています」

直紀の疑問に答えるように、女将が静かに口を開いた。

以前は温泉宿として繁盛した時期もあったらしい。ところが、隣町で温泉が出て、交通の便が悪い夕霧村は廃《すた》れていったという。

「そうだったんですか……」

どう言葉を返せばいいのかわからなかった。

今の旅館の状況を見れば、生活が苦しいのは一目瞭然《いちもくりようぜん》だ。夫も出稼ぎに行ったまま、いつ帰ってくるのかわからない。そんな状況なのに、なぜか由里子の表情はさっぱりしていた。

「でも、今の生活がそれほど悪いとは思っていないんです」

彼女の声は落ち着いている。強がっているわけでも、開き直っているわけでもないらしい。この暮らしで、そう言い切れる気持ちがわからなかった。

「ご飯が冷めてしまいます。さあ、どうぞお座りください」

由里子は気を取り直したように言うと、直紀を座布団にうながした。

座卓の中央にひとり分の朝食が用意されていた。

やはり直紀が起きてくるのを待っていたのだろう。山菜の味噌汁と白いご飯は湯気を立てており、アジの開きも焼き立てだ。それに、漬物と生卵と焼き海苔が添えられていた。

最初は朝食を摂らずに外出しようと考えていたが、ここまで用意されていたら、いただかないわけにはいかなかった。

「おいしそうですね」

直紀も気分を変えて明るい声を心がける。女将のために自分ができるのは、感謝の気持ちを示すことだけだった。

「では、いただきます」

実際、出来たての朝食はじつにうまくて食が進んだ。

直紀はアパートでひとり暮らしをしている。朝はぎりぎりまで寝ているため、朝食は摂らないことが多かった。だからなおのこと、由里子の温かい手料理が心と胃袋に染み渡った。

「今日はどちらへ？」

お茶を淹れながら、由里子が尋ねてくる。さりげなさを装っているが、どこに行くのか探っているような節があった。

「智美さんの……神崎さんの家を訪ねてみようと思ってます」

直紀が決意の籠もった声で告げると、由里子はほんの一瞬黙りこんだ。

「本当に行かれるのですね」

ひとり言のようなつぶやきだった。そして、ほうじ茶を注いだ湯飲みを、そっと差し出して座卓に置いてくれた。

「神崎家は、宿の前の道をまっすぐ進んだところにあります。大きなお屋敷ですので、すぐにわかりますよ」

どこか深刻な様子から一転して、穏やかな口調で教えてくれる。そんな彼女の態度が、どうにも解せなかった。

「お昼を用意しておきますから、必ず戻ってきてくださいね」

由里子がにこやかに語りかけてきた。

2

宿の外に出ると、あたりには谷霧が立ちこめていた。

霧は昨日よりも濃く感じるが、それでも日が射しているので、まったく見通せないわけではなかった。

教えてもらったとおり、宿の前の道を奥に向かって歩きはじめた。

道は舗装されておらず土が剝き出しだ。住宅がぽつぽつと建っているが、ほとんどが平屋で年季が入っている。色褪せた瓦屋根に、壁も薄汚れてくすんだ木造住宅ばかりだった。

ビルもなければコンビニもない。小さな商店はあるが、まったく流行《はや》っている様子はなかった。痩せこけた野良犬が昼寝をしている。直紀が近くを通っても、興味がないのか気力がないのか動こうとしなかった。

街路灯も信号もないが、電信柱は立っている。とはいえ、東京ではほとんど見かけることのなくなった木製で、まるで昭和の時代にタイムスリップしたような錯覚を覚えた。

物置の前などに、錆だらけの軽トラックが停まっている。だが、実際に走っている車は一台もなく、歩行者もまったく見かけない。たまに畑仕事をしている人はいるが、まったく活気が感じられなかった。

それだけなら寂れた村ですむが、気になるのは村人たちの態度だ。直紀の姿に気づくと、なぜか決まって訝《いぶか》しげな目を向けてきた。

(まったく、なんなんだよ……)

田舎なので他所者《よそもの》を警戒しているのだろうか。いずれにせよ、気軽に話しかけられる雰囲気ではなかった。

(うう っ、寒っ)

五月とはいえ、山奥のせいかひんやりしている。日中は汗ばむこともあるくらい暖かくなった東京と比べると、はるかに気温が低かった。

とにかく、歩調を速めて通りを歩いていく。しばらく進むと、霧の向こうから生け垣が現れた。

近づいてみると、きっちり刈りこまれた生け垣の上から、二階建ての日本家屋が頭を覗かせている。歴史を感じさせる外観だが、これまで見てきた村の様子からすると、不自然なほど立派な屋敷だった。

(ここが、智美さんの……)

直紀は思わず立ちつくした。

正面には背の高い木製の門があり、なかの様子はうかがえない。門の横に表札がかかっていた。「神崎」と仰々しく筆で書かれている。ここが智美の実家に間違いない。女将から聞いてはいたが、確かに「お屋敷」と呼ぶのが相応しい家だった。

緊張感が高まってくる。

インターフォンは見当たらない。深呼吸してなんとか気持ちを落ち着かせると、門を軽くノックした。

背筋を伸ばして待つが返事はなかった。

門から母屋《おもや》まで離れているので、気づいていないのではないか。もう一度、少し強めにノックしてみた。

「こんにちは。どなたかいらっしゃいませんか」

さらに声をかけてみる。大きな声を出すのは憚《はば》られたが、東京から智美を訪ねてきたのだ。このまま引きさがるわけにはいかなかった。

引き戸の開く音がした。そして、砂利を踏みしめる音が近づいてくる。足音は門のすぐ向こう側でぴたりとやんだ。

「どなたですかな？」

嗄《しゃが》れた老婆の声だった。警戒されていると感じて、直紀は思わず頬の筋肉を強《こわ》ばらせた。

実家に智美の姉がいるのは知っていたが、祖母も同居しているのだろうか。想定外の展開に焦り、全身の毛穴から汗がどっと噴き出した。

「と、智美さんの会社の後輩で、向井直紀と言います。智美さんが出社されていないので、東京から会いに参りました」

不審者ではないことをアピールしようと、はきはきした声を意識する。すると、それが伝わったのか、大きな門がギギギッと軋《きし》んだ音を立てて開かれた。

門の向こうに立っていたのは、八十は過ぎていると思われる老婆だった。白い割烹《かっぽう》着《ぎ》を着ており、背筋はしゃんと伸びている。そして、隣には腰の曲がった作務衣《さむえ》姿の老人がいて、二人とも訝しげな目を直紀に向けていた。

「お嬢さまの会社の方でしたか」

老婆が丁重な言葉で語りかけてくる。しかし、表情は硬いままで、直紀を信用している様子はなかった。

(だ、誰なんだ?)

智美のことを「お嬢さま」と呼ぶくらいだから、血縁関係はないのだろう。これだけの屋敷なら、使用人を雇っていてもおかしくなかった。

「智美さんはいらっしゃいますか？」

とにかく、智美に会うことが先決だ。真面目な性格の彼女が無断欠勤をするのだから、よほどの理由があるに違いなかった。

「お嬢さまは、誰ともお会いしません」

老婆は本人に確認を取ることなく即答した。

「会社をずっと休んでるので、心配で東京から来たんです」

「どなたであろうと、取り次ぐことはできません」

抑揚のない声だった。老婆は表情を変えることなく淡々と話した。隣の老人も無言のまま見つめてくる。ひと言もしゃべっていないが、直紀を拒絶する気持ちは伝わってきた。

「で、でも、このままでは会社にいられなくなってしまいます。解雇されてしまうかもしれないんです」

なんとか智美に会いたかった。そして、無断欠勤している理由を本人の口から聞きたかった。

「智美さんに、向井が来たと伝えてもらえませんか。きっと会ってくれると思うんです」

「聞いても同じことです」

「ひと目だけでいいんです、どうか――」

「お帰りください」

直紀の言葉を遮ると、老婆は無情にも門を閉めてしまう。閂をかける音がして、二人の足音が遠ざかっていった。

（そんな……）

ぴったり閉ざされた門の前で、直紀は呆然と立ちつくした。

まさか門前払いされると思わなかった。東京からわざわざ訪ねてきたのに、あまりにもひどい対応だった。

それにしても、なにかおかしい。

あの二人は最初から智美に会わせるつもりはなかった。直紀のことを端《はな》から拒絶していた。なにかを隠しているのではないか。そう勘ぐってしまうほど、不自然な態度だった。

智美が自分のことを拒絶するとは、どうしても思えない。なにしろ、一度だけではあるが、口づけを交わした仲だ。交際はしていなくても、ただの先輩後輩から一歩進んだ関係のはずだった。

(きっと、なにか理由があるはずだ)

もしかしたら、重い病気にでもかかっているのではないか。そのせいで、人に会うことができないのではないか。

だとしたら、なおのこと会わずにはいられない。自分になにができるのかわからないが、彼女の力になりたかった。

この屋敷のどこかで療養しているのかもしれない。だが、老婆と老人の冷たい態度を思い返すと、どんなに頼んでも会わせてもらえるとは思えなかった。

(くっ……どうすればいいんだ)

直紀は拳を握りしめながら、生け垣に沿って歩いた。

居ても立ってもいられないのに、解決策が見つからない。もどかしくて、奥歯をギリギリ噛んでいた。

相変わらず人の姿を見かけないが、先ほど昼寝をしていた野良犬がふらふら歩いてきた。そして、生け垣の下に頭を突っこんだかと思うと、そのまま屋敷の敷地内に入っていった。

「あっ……」

思わず駆け寄って覗くと、生け垣の下の部分の枝が薄くなっている。野良犬の通り道になっているらしく、そこから青々とした庭の芝生が見えていた。

（これだ！）

智美に会うには潜りこむしかなかった。

危険な行為だが、もうこれしか方法が思いつかない。周囲に人がいないのを確認すると、四つん這いになって生け垣のなかに頭を押しこんだ。

「くっ……」

痩せこけた野良犬の通り道なので、さすがに狭い。だが、智美に会いたい一心で突き進んだ。

頭の片隅では、まずいことをしているとわかっている。自分がやっていることは不法侵入だ。もし警察に通報されたら、ただでは済まないだろう。それでも、智美のことを想う気持ちのほうが強かった。

このまま連絡が取れなければ、智美は懲戒解雇になってしまう。それがわかっていながら、指を咥えて見ていることはできなかった。

(きっと、この屋敷のどこかに智美さんが……)

枝が頬を擦るが、構うことなく這い進む。そして、どうにか生け垣を抜けると、手入れの行き届いた芝生に転がり出た。

そっと身を起こして視線を巡らせる。母屋の縁側があり、そこに面した部屋に布団が敷いてあった。

(と……智美さん)

直紀は思わず目を見開いた。

浴衣を着た女性の姿があった。布団の上で上半身を起こしている。腹まで掛け布団がかかっているので、先ほどまで横になっていたのだろう。縁側の下でお座りしている野良犬に、犬用のジャーキーを投げ与えていた。

直紀は吸い寄せられるように縁側へと歩み寄った。

しかし、近づくにつれて違和感を覚えた。よく似ているが智美ではない。髪の色素が薄くて、しかも智美よりずっと華奢《きやしゃ》だった。顔色がすぐれず頬が痩せこけており、目の下には隈《くま》ができていた。

「あなたは……」

女性がこちらを振り返った。

直紀の存在に気づいて、表情をさっと硬くする。だが、それはほんの一瞬のことだった。

「どちらさまですか？」

柔らかい声音《こわね》で語りかけてきた。

見知らぬ男が庭に侵入してきたというのに、彼女はまったく怖がる様子がない。まるで直紀がここに現れることを予見していたような言い方だった。

「お、俺は……」

直紀は魅入られたように動けない。彼女が智美に似ているというだけではなく、慈愛に満ちた穏やかな瞳に惹きつけられていた。

「わたしは、神崎麻美《あさみ》……智美の姉です」

なるほど、そっくりなはずだった。

智美とは四つ違いと聞いていたから、三十一歳ということになる。しかし、見るからに病弱そうで、麻美のほうがひとまわり小さく見えた。

「お、俺は……智美さんの会社の後輩で――」

直紀はジャーキーを食べている野良犬の隣に立った。

簡単に自己紹介をして、東京から訪ねてきた理由を説明した。麻美は口を挟むことなく、ときおり小さく頷きながら最後まで聞いてくれた。

「そう、会社の……いつも妹がお世話になっております。こんな格好でごめんなさいね、身体が弱くて」

「い、いえ、こちらこそ、突然すみません」

あまりにもおっとりしていて調子が狂ってしまう。とにかく、直紀は腰を直角に折って頭をさげた。

「お願いします！　どうしても智美さんに会いたいんです」

「ここに来たということは、じいやとばあやに追い返されたのね」

先ほどの二人は、代々神崎家に仕える使用人だという。麻美と智美にとっては、家族のような関係らしい。

「全然、相手にしてもらえなくて……それで、庭から……本当にすみません」

非礼を詫びると、彼女はうっすらと笑みを浮かべた。

「あの二人、悪気はないのだけれど愛想がなくて。でも、妹のためを思ってのことなの。こちらこそ、不快な気分にさせてごめんなさい」

「い、いえ、そんな……」

反対に謝られて恐縮してしまう。

「智美さんに会わせていただけませんか」

「妹のこと、どうしてそんなに心配してくれるの？」

「そ、それは……」

「あの子のことが好きなのね」

智美との面会を頼んでみたが、いきなり核心を突かれて言葉につまった。どう返答すべきか迷っていると、麻美が再び口を開いた。

「妹のことを好きになってくれて、ありがとう。短い間だったけど、東京で普通の生活を送ることができたのね」

しみじみした言葉だった。

きっと妹を可愛がっているに違いない。彼女の柔らかな表情から、智美に対する深い愛が感じられた。

「だからこそ、はっきり言うわ」

なにやら空気が変わった気がする。麻美の瞳には、病人とは思えない強い光が宿っていた。

「もう、あなたの知っている智美じゃないの」

衝撃的な言葉だった。

いったい、どういう意味だろう。言葉の真意をはかりかねていると、屋敷の奥から足音が近づいてきた。

「じいやとばあやが来るわ。早くお逃げなさい」

麻美が声を潜めて忠告してくる。

「で、でも、智美さんは……」

「せっかく来てもらって悪いのだけれど、智美は出かけてるの」

その場しのぎの嘘を言っているとは思えない。麻美はやけに真剣な瞳でまっすぐ見つめてきた。

「会わないほうが、あなたのためよ」

その言葉は胸に深く突き刺さった。

足音がどんどん近づいてくる。使用人の二人に見つかったら面倒なことになってしまう。もう少し話を聞きたかったが、踵《きびす》を返すしかなかった。

3

（どういうことなんだ……）

直紀は悶々としながら、村のなかをあてどもなく歩いていた。

頬にできた擦り傷がひりひり痛んだ。麻美にうながされて、生け垣の穴から慌てて逃げ出しときに枝で擦ってしまった。

だが、本当に痛んでいるのは、頬の擦り傷などではない。胸の奥から、疼くような鈍痛がひろがっていた。

――もう、あなたの知っている智美じゃないの。

――会わないほうが、あなたのためよ。

麻美の言葉が頭のなかをぐるぐるまわっている。

今、智美がどういう状況にあるのか、まったくわからない。それでも、彼女の身になにかが起こっているのは間違いなかった。

(出かけていると言ってたな……どこだ、どこにいるんだ)

智美に会いたいが、この村のどこにいるのか見当もつかない。初めて訪れた土地で、彼女を捜し出す手がかりはなにもなかった。

いったん旅館に戻って昼食を食べた。

由里子はかいがいしく世話を焼いてくれるが、昨夜のことが関係しているのだろうか。あまり甘えるのも悪い気がして、一服する間もなく外出した。

午後になり、霧はすっかりなくなっている。また日が暮れるころに山から降りてくるのかもしれない。見通しがよくなったことで、村の廃れ具合がより目につくようになっていた。

四方を山に囲まれており、他の地域から隔絶されている。舗装された道路に出るには、山のなかの荒れた道を通るしかない。自然が豊富と言えば聞こえはいいが、要するになにもない村だった。

散々歩きまわって、ひとつおかしなことに気がついた。

畑仕事をしている人や歩いている人を見かけたが、どういうわけか女性ばかりだった。ようやく男性に出会っても、なぜか顔色が悪く、元気がなさそうに見えた。

そういえば、由里子の夫は街で働いていると言っていた。男性は出稼ぎに行っているので、見かけないだけかもしれない。とはいえ、なにか釈然としないものを感じていた。

(……ん?)

歩き疲れて、道の先を見やったときだった。

純白のブラウスにフレアスカートの女性がひとりで歩いていた。まるで白装束《しろしょうぞく》のようで、その女性のことが余計に気になった。

ずいぶん距離があるが、立ち止まって凝視した。

黒髪が肩のあたりで弾《はず》んでいる。スカートの尻は張りつめており、ゆったり左右に揺れていた。

(あれって、まさか……)

智美の後ろ姿によく似ている。だが、離れているので確信は持てない。先ほども麻美を見て、智美だと間違えたばかりだった。

慌てて追いかけるが、なにしろ距離がありすぎる。追いつく前に、女性は脇道に入って森のなかに消えてしまった。

「ま……待って」

すでに姿は見えなくなっていた。それでも、諦めるわけにはいかなかった。ようやく、智美を見つけたかもしれないのだ。息を切らしながらも、なんとか女性が消えた森の入口に辿り着いた。

（この先に、智美さんが……）

彼女が智美であってほしいと願いながら、森のなかを覗きこんだ。

舗装されていない細い道が、ずっと奥までつづいている。木々に覆われて薄暗いなかに、朱色の鳥居《とりい》が立っていた。あの先に神社があるのだろうか。とにかく、足を踏み入れようとしたそのときだった。

「ちょっと！」

背後から鋭い声が聞こえた。

直紀は肩をビクッと震わせて、恐るおそる振り返った。すると、そこには若い女性が立っていた。

「その森に入ったらダメだよ。とくに村の外から来た人はね」

愛らしい顔をしているが、歯に衣着せぬ物言いだ。

デニム地のミニスカートに黄色いトレーナーを着ており、黒髪をポニーテイルにまとめていた。ストッキングを穿《は》いていないため、健康的な太腿が露出している。彼女は生意気そうに顎をツンとあげると、くるくるとよく動く瞳で見つめてきた。

「矢島屋に泊まってるんでしょ。東京の人なんだってね」

「ど、どうして俺のことを……」

「ちっちゃな村だから、噂はすぐにひろまるの。直紀って言うんでしょ。もう、みんな知ってるよ」

最近は旅行者もほとんど来ないので、他所者が珍しいらしい。直紀のことは、すでに村中の人が認識しているという。

「こんなところで、なにやってるの？」

「人を捜してるんだ」

「智美さんでしょ」

そんなことまで知っているとは驚きだ。とにかく、そこまで筒抜けなら、かえって話は早かった。

「智美さんに似た人が、この森に入っていくのが見えたから、それで——」

「ここは神聖な森だから、部外者は立ち入り禁止だよ」

彼女の言葉はきっぱりしていた。だが、ここで諦めるわけにはいかない。やっと智美らしき人物を見つけたのだ。立ち話をしている場合ではなかった。

「頼むから行かせてくれ」

「絶対にダメ！　この森に入ったら抜け出せなくなるよ」

童顔の彼女に真顔で言われると、心にずんと響くものがあった。なにか曰《いわ》くのある森なのだろうか。

「じゃあ、さっきの人は？」

「村の人はいいの」

よくわからないが、村人以外は立ち入り禁止らしい。だが、今は女性を追うことが重要だった。

「キミはどうなの？」

「は？」

「キミは村の人だろ。キミがいっしょでもダメなの？」

逸《はや》る気持ちを抑えて尋ねるが、彼女は不機嫌そうに腕組みをする。頬を膨らませたことで、なおさら子供っぽく見えてきた。

「咲良《さくら》だよ」

「はい？」

「わたしの名前。キミじゃなくて咲良っていうの」

彼女は「伊藤《いとう》咲良」と名乗り、森の入口に立ちはだかった。

「子供っぽく見られるけど、これでも二十歳《はたち》だから」

「べ、別に子供だなんて思ってないよ。それより、さ、咲良ちゃんもいっしょなら、森に入れないかな？」

「ダメだよ。神聖な森だって言ってるでしょ」

神聖な森だということはわかったが、なぜ入ったらいけないのだろう。今ひとつ納得がいかないが、咲良の表情は真剣そのものだ。頑として譲る様子がなく、押しのけて立ち入るわけにもいかなかった。

「くっ……」

彼女の肩越しに森の奥を覗きこみ、口惜しさに歯嚙みした。

鳥居の向こうに智美がいるかもしれない。それなのに、これ以上進むことができなかった。

咲良がいなければ、間違いなく森に足を踏み入れていた。だが、彼女はまるで直紀を見張るように動こうとしない。その姿は、なにかを必死に守ろうとしているかのようにも見えた。

「わかったよ」

直紀は肩から力を抜いて、そっと息を吐きだした。

村のしきたりや、いろいろな決まり事があるのだろう。部外者の身勝手な行動はトラブルに発展しかねない。今は大人しくしているしかなかった。とはいえ、智美に会うのを諦めたわけではない。いったんは引きさがるが、咲良と別れたあとで、あらためて森のなかを捜すつもりだった。

（それにしても……）

直紀は腕組みをして立つ咲良をまじまじと見つめた。

この村の人たちは人見知りで、他所者の直紀とは目も合わせてくれない。智美のことを尋ねたくても、端から拒絶されているのがわかるので、話しかけることができなかった。

だが、咲良はまったくタイプが違っていた。

彼女のほうから話しかけてきたし、今もこうして目の前に立って、直紀の行動を見張っている。若さのせいかもしれないが、かなり積極的な性格だった。

「ちょっと聞いてもいいかな」

この際なので、咲良から情報を得られないだろうか。これまでまともに言葉を交わした村民は、由里子の他は彼女だけだった。

「なに？」

咲良が声のトーンを落として、訝しげな瞳を向けてくる。やはり直紀のことを警戒しているようだ。

「ぶらぶら歩いて気づいたんだけど、男の人をほとんど見なかったんだよね。みんな出稼ぎに行ってるの？」

まずは軽い話題から入ろうと思った。

——会わないほうが、あなたのためよ。

麻美の意味深な言葉を思い返すと、どうしても慎重になる。

いきなり智美のことを尋ねるのは得策ではないと考えていた。まずは咲良との距離を縮めて、様子を見ながら聞き出すつもりだった。

「出稼ぎもあるけど、この村は昔から男の人が少ないの」

身構えていた咲良は、拍子抜けした様子で教えてくれた。

夕霧村は昔から交通の便が悪く、周囲から隔絶されていたせいで、どうしても血が濃くなっているという。さらに谷の風土や食べ物などの影響もあって、男性が生まれにくいということだった。

「昔から女系の村なのよね。たまに男の子が生まれても、体が弱くて短命な場合が多いの」

「……そんなことってあるんだ」

彼女はあっさり話すが、直紀は衝撃を受けて黙りこんだ。

そういえば、由里子は夫婦の間に子供ができないと言っていた。もしかしたら、夫の精力の弱さが原因なのかもしれなかった。

「じゃ、じゃあさ、咲良ちゃんは学生？」

まだ突っこんだ質問は早いだろう。とりあえず、咲良のことを尋ねてみた。

「ううん、高校を出てからは、家の仕事を手伝ってるんだ」

「へえ……」

それ以上、話がひろがらない。なんとかもっと盛りあげて、和《なご》やかな雰囲気を作っておきたかった。

「なにその反応、わたしのことには興味ないみたいじゃない」

咲良がまたしても頰をぷぅっと膨らませる。だが、瞳が笑っているので、本気で怒っているわけではなかった。

「他にも聞きたいことがあるんじゃない？」

今度は咲良のほうから話を振ってくる。なんでも聞いてというように、じっと直紀の目を見つめてきた。

まだ早すぎる気もしたが、他に聞くこともない。直紀は逡巡した末に、思いきって口を開いた。

「智美さんのこと、なんでもいいから知りたいんだ」

なにか秘密があるような気がしてならない。彼女の身に、いったいなにが起こっているのだろうか。

「いいよ。智美さんの秘密、教えてあげる。その代わり、わたしのお願いも聞いてくれるよね」

「お願いって？」

「それは聞いてのお楽しみ」

交換条件を出されて一瞬躊躇《ちゅうちょ》するが、智美の秘密を知るためなら仕方がない。それに実現不可能な要望を出してくるとは思えなかった。直紀を困らせたところで、彼女にメリットはないはずだ。

「よし、わかった」

「じゃあ、教えてあげる。もうすぐ、村でお祭りがあるのは知ってる？」

「大切な祭りがあるって女将さんが言ってたけど、それのことかな」

細かい内容までは知らないが、村をあげての行事だろうと想像していた。

「それそれ、智美さんはそのお祭りを仕切ってるんだよ」

意外な言葉だった。

智美は仕事のできる先輩だったが、基本的に物静かな性格だ。いわゆるリーダータイプではなく、どちらかといえば裏方で力を発揮するタイプだった。しかも、祭りという華《はな》やかな場所で、人々に指示を出す姿が想像できなかった。

「ところで、どういう祭りなの？」

「うん……とっても淫らな祭り」

一拍置くと、咲良は静かな声でつぶやいた。

最初は冗談かと思ったが、彼女の表情は硬かった。なにやら深刻そうで、直紀は質問を中断して黙りこんだ。

(淫らな……祭り)

胸の奥がざわざわした。

気軽に聞いてはいけない雰囲気があった。

もしかしたら、変わった風習が残っているのかもしれない。周囲から隔絶された夕霧村なら、昔のならわしが連綿と受け継がれていてもおかしくなかった。

4

「イテテっ……」

直紀の口から思わず情けない声が溢れ出した。

「ちょっと動かないで」

咲良はぴしゃりと言って、ピンセットで摘んだ脱脂綿を再び頬の擦り傷に押し当ててくる。神崎家の生け垣の穴を出入りしたときにできた傷だ。脱脂綿には消毒液が染みていて、軽く触れるたびにヒリヒリと痛みがひろがった。

ここは咲良の部屋だ。彼女が傷の手当てしてくれると言うので、自宅までついてきた。咲良の父親はすでに亡くなっており、母親は親戚のところに行っているため留守だという。

直紀は座布団の上で胡座《あぐら》をかいている。そして、彼女がすぐ隣で膝立ちの姿勢をとり、頬の擦り傷を治療していた。

「はい、これで大丈夫」

「あ、ありがとう」

熱を持った頬を手で扇《あお》ぎながら、緊張気味に礼を言った。

さっと室内を見まわすが、六畳の和室には文机《ふづくえ》と和箪笥《わだんす》しかない。二十歳の女の子の部屋なら、可愛いぬいぐるみやアイドルのポスターくらいありそうだが、じつに質素なものだった。

「なにキョロキョロしてるの？」

「い、いや、別に……それより、咲良ちゃんのお願いってなに？」

のんびりしている間に、窓の外は日が傾きはじめていた。

夕日に染まった山の上から、霧がゆっくり降りてくる。すでにあたりはうっすら白くなっていた。

森に行って智美を捜したい。早くしないと谷霧で真っ白になってしまう。急かすつもりで咲良の願いを尋ねたとき、思わずはっと息を呑みこんだ。

「また、霧が出てきたね」

ぽつりとつぶやく横顔が、妙に艶っぽく感じたのはなぜだろう。直紀はなにも言えなくなり、ただじっと彼女のことを見つめていた。

「はンン……」

彼女は静かに息を吐きだし、ミニスカートに包まれた腰をくねらせる。そして、剝き出しの内腿をもじもじ擦り合わせた。

「わたしのお願いは……」

咲良の瞳が直紀に向けられる。あらたまった様子で目の前に正座をすると、いきなり腰を折って額を畳に擦りつけた。

「な、なにしてるの？」

「わたしの初めて……もらってほしいの」

「……は？」

思わず聞き返すと、彼女はゆっくり顔をあげた。

こちらを見つめてくる瞳は、今にも涙が溢れそうなほど潤んでいる。まさかとは思うが、そのまさかだろうか。

「は……初めてって？」

念のため確認してみる。すると咲良は拗《す》ねたように唇を尖《とが》らせた。

「わかってるくせに……意地悪」

「じょ、冗談だよね？」

「わたしのヴァージン……もらってほしいの」

聞き間違いではない。咲良は今度こそはっきり口にした。からかっているわけではなく、本気で言っているのがわかった。

「そ、それは、ちょっと……」

いくら約束したとはいえ、そんな願いは叶《かな》えられない。なにしろ、つい数時間前に出会ったばかりだし、なにより直紀には想いを寄せる女性がいるのだから。

「お母さんは夜まで帰ってこないから大丈夫……わたし、本気だよ」

咲良は正座をしたままにじり寄ると、直紀の手を握りしめてくる。両手でしっかり包みこみ、まっすぐな瞳で見つめてきた。

「お祭りまでに、どうしてもヴァージンを捨てたいの……お願い」

「お願いされても……あっ、ちょっと」

手が引き寄せられたかと思うと、トレーナーの胸の膨らみに押し当てられる。ふんわりとした感触にドキリとして、身動きが取れなくなった。

「で、でも、どうして俺なの？」

「だって、やさしそうだし……村にいても出会いはないから」

なにしろ男が少ない山間部の寂れた村だ。ロストヴァージンどころか、恋愛することもままならないのだろう。

「誰でもいいってわけじゃないんだよ……直紀がいいの」

名前を呼ばれて、二人の距離がぐんと縮まった気がした。

咲良は腕をクロスさせてトレーナーの裾《すそ》を摘んだ。そして、一気にまくりあげると頭から抜き取った。さらには、おずおずと両手を背中にまわして、花柄プリントのブラジャーも外して乳房を晒した。

「な、なにを……」

うろたえる直紀だが、視線は彼女の乳房に釘付けだった。

白くてささやかな膨らみが愛らしい。小さな乳首は透明感のあるピンクで、周囲を彩る乳輪は極小だった。

「初めての相手は、自分で決めたいの……ね、いいでしょ？　わたしのお願い、聞いてくれるって言ったじゃない」

咲良は再び直紀の手を取り、自分の乳房へと導いた。

「わっ……」

手のひらが触れた瞬間、滑らかな肌の感触と彼女の体温が伝わってくる。頭のなかが真っ白になり、無意識のうちに指を這わせて包みこんでいた。

(さ、咲良ちゃんの……お、おっぱい)

手のひらにちょうど収まる程良いサイズだ。由里子の乳房のように熟れた迫力はないが、発展途上の青い魅力が詰まっていた。

(ダ、ダメだ……俺には智美さんが……)

心のなかで自分自身に言い聞かせる。しかし、生の乳房に触れることで、理性が思いきり揺さぶられていた。

「男の人に見せるの初めてなの……ど、どうかな?」

正座をした咲良が、顔を真っ赤にしながら尋ねてくる。自分の身体がどう評価されるのか気になるようで、そんな素振りがいじらしかった。

「か、可愛いよ、すごく」

どうしても声が上擦ってしまう。面と向かって女性を褒めることで、自分まで恥ずかしくなっていた。

「嬉しい」

消え入りそうなつぶやきだった。咲良は照れた様子で肩をすくめて、乳房にあてがった直紀の手に、自分の手のひらを重ねた。

「いいよ……もっと触って」

「う、うん……」

彼女の言葉に従い、指をそっと曲げていく。柔肉に指先が沈みこむと同時に、瑞々《みずみず》しい弾力が返ってきた。

「あンっ」

声が漏れたのは恥ずかしかったらしい。咲良は両手で顔を覆い隠し、くびれた腰をくねらせた。

「や、柔らかい……それに肌がスベスベだ」

もう一方の手も伸ばして、双つの乳房をゆったり揉みまわす。さらには乳首を摘んで、指先でやさしく転がした。

「あっ、そ、そこは……」

咲良は声を震わせると、困ったように眉を八の字に歪めて見つめてくる。

経験したことのない刺激に戸惑っているのだろう。身体も凍えたようにヒクヒク反応している。その様子が愛らしくて、直紀はますます惹きこまれてしまう。乳首を刺激しては、小ぶりな乳房を揉むことを繰り返した。

「乳首が硬くなってきたよ」

人差し指と親指の間で、乳頭がぷっくり膨らみはじめる。そこをさらに転がしてやれば、充血して瞬く間に完全に屹立した。

「ほら、もうこんなになってるよ」

「ああっ、恥ずかしい」

しきりに照れているが、まったく抗う様子はなかった。

正座をしているため、ミニスカートの裾がずりあがっている。太腿が付け根近くまで露出しており、そちらも気になって仕方がない。チラチラ見ていると、彼女はミニスカートに手を伸ばした。

「直紀のエッチ……でも、いいよ」

膝立ちの姿勢になり、ゆっくり引きさげていく。すると花柄プリントのパンティが現れた。股間にぴったり張りついているため、恥丘の形が浮かびあがっている。肉厚なうえに、中心部に走る亀裂がくっきり透けていた。

「あんまり見ないで……」

ミニスカートを脱ぐと、さらにパンティのウエストに指をかける。さすがに躊躇していたが、意を決したようにおろしはじめた。

「お……おおっ」

直紀は思わず呻いて前のめりになった。

生まれつきなのか、恥丘にそよぐ陰毛は驚くほど少ない。しかも一本いっぽんが極細なので、白い地肌がはっきり見える。柔肌に刻まれた縦溝が、股間の奥につづいている様子まで確認できた。

咲良はパンティをつま先から抜き取ると、目の前で体育座りの姿勢をとった。羞恥に染まった顔をうつむかせながら、上目遣いに見つめてきた。

「直紀……」

掠れた声で名前を呼ぶと、ほんの少しだけ膝を離していく。すると、隠されていた秘めやかな部分が露わになった。

白くて滑らかな内腿の奥に、ミルキーピンクの陰唇が息づいている。まだ誰も触れたことのない清らかな割れ目だ。その穢《けが》れのない色と輝きは、ひどく神聖なものに感じられた。

（こ、こんなことまで……）

経験のない彼女が、自ら服を脱いですべてを晒している。ここまでされたら、もう後には引けない。直紀のジーパンの股間は、先ほどからはち切れんばかりに盛りあがっていた。

「ね、ねえ……恥ずかしいよ」

咲良は肩をすくめると、催促するような瞳で見つめてくる。無垢《むく》な女の子がこんなにも求めてくれるのだ。ロストヴァージンを急ぐ理由はわからないが、男としてこれほど嬉しいことはなかった。

「わたしね……キスもしたことないの」

可愛らしい告白を受けて、直紀はいよいよ決意を固めた。

「じゃ、じゃあ……」

体育座りしている彼女ににじり寄ると、剥き出しの肩に手をまわしていく。

ここは多少なりとも経験のある自分がリードしなければならない。彼女は膝を抱えた姿勢で、女体を小刻みに震わせていた。

「さ……咲良ちゃん」

顔を近づけると、咲良はなにをされるか悟ったらしい。睫毛《まつげ》をそっと伏せて、顔をわずかに上向かせた。

さくらんぼのような唇に口づけする。それだけで、咲良は微かに鼻を鳴らして女体を力ませた。

「大丈夫だよ、力を抜いて」

これが彼女のファーストキスだ。安心させるように声をかける。本当は自分も緊張しているが、懸命に気持ちを落ち着かせた。

(なんて柔らかいんだ……)

彼女の唇は新鮮で張りがあるのに、蕩けそうなほど柔らかい。うっとりしながら舌を伸ばして、震える唇の間に差し入れた。

「はンンっ……」

咲良は吐息を漏らすだけでじっとしている。だから、直紀は遠慮することなく、奥で縮こまっている舌を搦め捕った。

粘膜がヌルヌルと擦れる感触がたまらない。舌を思いきり吸いあげると、とろみのある彼女の唾液が口内に流れこんできた。

(ううん、甘い……甘いぞ)

まるで甘露のような味わいだ。咲良は容姿が可愛らしいだけではなく、唾液も甘くて美味だった。

反対に直紀が唾液を口移しすれば、彼女は戸惑った様子ながらも、喉をコクコク鳴らして嚥下する。そして、目もとをぽっと染めあげると、甘えるように直紀の唇に吸いついてきた。

「ンっ……ンンっ」

ファーストキスにもかかわらず、積極的に舌を伸ばしてくる。直紀の口内に舌を忍ばせると、ヌメヌメと舐めまわしてきた。動きはぎこちなくても、一所懸命に応えてくれるのが嬉しかった。

(ああっ、咲良ちゃん)

唇を重ねたまま、女体を畳の上に押し倒す。舌を吸いあげながら、小ぶりな乳房をゆったり揉みまわした。

「あっ……」

手のひらが乳首に触れただけで、咲良は唇を離して身をよじった。ヴァージンだが身体は敏感らしい。それならばと指先でそっと乳輪をなぞれば、女体が小刻みに震えはじめた。

「そ、それ……あっ……あっ……」

困惑した瞳を向けてくるが、身体は確実に反応している。すぐに乳首がぷっくり膨らみ、腰も切なげにくねりだした。

「乳首が硬くなってきたよ。感じてるんだね」

「わ、わからない……わからないけど……ああンっ」

軽く摘んでみると、さらに声が艶めいてくる。乳首は小さいけれど、屹立して存在感を示していた。そこを慎重に転がせば、女体の悶え方が大きくなった。

「ああっ、ダ、ダメぇ、はンンっ」

声が漏れるのが恥ずかしいらしく、自分の指を嚙んでこらえようとする。その仕草が可愛いから、もっと苛《いじ》めたくなってしまう。反対側の乳首に吸いつき、舌をねっとり這わせていった。

「ひあっ、そ、そんな……ンはぁっ」

咲良の唇から、こらえきれない喘ぎ声が溢れ出す。ぴったり閉じた内腿をもじもじさせて、腰を右に左にくねらせた。

緊張していたので心配していたが、咲良は性感を蕩かせている。ヴァージンでもこれだけ感じていれば、破瓜《はか》の痛みは少なくて済むかもしれない。直紀は今のうちにと思い、急いで服を脱ぎ捨てて裸になった。

すでにペニスは臨戦態勢を整えており、亀頭が下腹につくほど屹立していた。先端は我慢汁で濡れ光って、濃厚な牡の匂いまで漂っている。咲良が悶える様子を目の当たりにしたことで、我ながら恥ずかしいくらい勃起していた。

「ひっ……」

ペニスに気づいた咲良がひきつった声をあげた。

キスもしたことがないのだから、目にするのは初めてなのだろう。まるで恐ろしいものでも見たように、唇をわななかせていた。

「こ、こんなに大きいなんて……」

そそり勃《た》った肉柱が恐怖を与えてしまったらしい。だが、彼女が怯える様子を見たことで、逆に直紀は余裕が出てきた。「大きい」と言われたことが自信に繋《つな》がったのかもしれない。男根はさらに雄々しく反り返った。

「怖くないよ。ほら、触ってごらん」

いきなりの挿入はまずいと判断して、咲良の隣に横たわる。そして、彼女の手を取り、太い血管が浮かんだ肉胴を握らせた。まずはペニスに慣れさせて恐怖心を取り除き、それからじっくり挿入するつもりだった。

「あ……熱い」

咲良が小声でつぶやいた。

「すごく太い……なんかビクビクしてるよ」

怯えた様子だが、それでも手を離すことはない。白くて細い指を野太い肉竿《にくざお》に巻きつけて、少し力をこめて握ってきた。

「うっ……」

甘い刺激が走って思わず声が漏れる。すると、彼女は慌てた様子で手を離した。

「痛かった？」

「ううん、大丈夫。痛いんじゃなくて、気持ちよくて声が出ちゃったんだ」

「気持ち……いいんだ」

咲良は不思議そうに言うと、今度は自分からペニスに手を伸ばしてくる。太幹に指を巻きつけて、少しずつ力を入れてきた。

「好きに触っていいよ」

「ふふっ……本当に？」

微かに笑みが漏れる。最初は恐るおそるだったが、少しは慣れてきたらしい。竿を握ったり、カリの段差に指を這わせたり、先端のカウパー汁に触れたりしてくる。さらには陰嚢を手のひらで包みこんで、やさしく揉みほぐしてきた。

「ううっ、気持ちいいよ」

またしても声が漏れるが、彼女は手を離さなかった。それどころか、興味津々《しんしん》にいじりまわしてくる。ヴァージンの女の子にペニスを握らせていると思うと、それだけで気持ちが昂ってきた。

「きゃっ……今、ビクンッてなったよ」

小さな悲鳴をあげるが、それでも咲良は太幹に指を巻きつけたままだった。

「咲良ちゃん、そろそろ……」

直紀も経験が豊富なわけではない。ペニスをいじりまわされて、急速に性欲が膨れあがっていた。

「うん……」

彼女がこっくり頷くと、直紀は女体に覆いかぶさった。下肢の間に腰を入れて、いきり勃ったペニスを股間に近づける。正常位で彼女の様子を見ながら、ひとつに繋がるつもりだった。

(ここだな……)

乳房への愛撫で感じたのだろう、陰唇はわずかに濡れ光っていた。

亀頭の先端で割れ目をそっとなぞりあげる。女体は小さく跳ねるが、咲良は逃げようとしない。ただ不安げな瞳で直紀の顔を見あげてきた。

「や、やっぱり……ちょっと怖い」

「俺にまかせおけば大丈夫だから」

できるだけやさしい口調で語りかける。本当はヴァージンを相手に上手くできるか自信がない。だが、彼女の今にも泣きだしそうな顔を見たら、弱音を吐くことなどできなかった。

「少しずつ挿《い》れるからね」

咲良は頬をこわばらせて頷いた。もう声を出す余裕もないらしい。それでも脚を大きく開いて、剛根で貫かれるのを待っていた。

亀頭を密着させると、ミルキーピンクの陰唇を押し開く。痛みを最小限に抑えるにはどうすればいいのだろう。とりあえず、できるだけ時間をかけて、ゆっくり亀頭を埋めこんでいった。

「ひッ……ひあッ……は、入ってくるっ」

「力を抜いて……ほら、あとちょっと」

亀頭の先端が行きどまりに到達する。処女膜に間違いない。直紀は額に玉の汗を浮かべながら、さらに慎重にペニスを押しこんだ。

「ひあああッ！」

女体が大きく反り返り、咲良の顎が跳ねあがる。ミシッという膜の裂ける感触があり、一気に抵抗がなくなった。

「は、入った……上手くいったよ」

ペニスが根元まで突き刺さっている。穢れを知らなかった処女の秘唇に、己の肉棒が深々と埋没していた。

「わ、わたし……こ、これで……」

咲良が震える唇で語りかけてくる。目尻には涙が浮かんでいるが、それでも無理に笑おうとしていた。

「そうだよ。大人の女になったんだよ」

腰を振りたいのを我慢するのに必死だった。

初めてペニスを受け入れた女壺は、驚いたように収縮している。太幹の根元を膣口でギリギリ締めつけられて、竿の部分には膣襞が吸着していた。まだ挿入しただけだというのに、鼻息が荒くなるのをとめられなかった。

「嬉しい……お祭りの前に、卒業できたんだね」

ついに咲良の目尻から涙が溢れた。それでも、念願のロストヴァージンを果たしたせいか、表情は晴れやかだった。

「直紀……ありがとう」

破瓜の痛みがあるはずなのに、咲良は礼を言ってくれる。そんな彼女の健気《けなげ》な姿が、ますます直紀の欲望を煽りたてた。

「う……動くよ」

彼女の言葉を待つことなく、腰を振りはじめる。最初はゆっくり腰を引き、絡みついた膣襞を振り払うようにペニスを後退させた。

「ひッ、ま、待って……ンンンッ」

咲良は目を強く閉じて、首を左右に振りたくった。

開通直後で快感を得られるはずもない。直紀は奥まで突くことなく、亀頭を蜜壺の浅瀬で遊ばせた。軽く前後に揺するだけで、激しく動かすこともしない。そうやって膣とペニスを馴染ませるつもりだった。

「ンっ……ンっ……」

彼女は目を閉じて、小さな呻き声を漏らしている。わずかな動きなら、とりあえず我慢できるようだった。

乳房を両手で揉みあげてみる。滑らかな肌の感触を味わいつつ、指をじっくり沈みこませた。ときおり乳首を摘んでは、こよりを作るように刺激する。その間、ペニスは浅瀬だけで動かしていた。

（こ、これだけでも……ううっ）

締めつけが強いため、亀頭への刺激だけでも射精欲が膨らんでいる。だが、もう少し彼女を感じさせてあげたい。破瓜の痛みだけで、初めてのセックスを終わりにしたくなかった。

「乳首が好きだったよね」

前屈みになって乳首に舌を這わせていく。唾液を塗りつけては、舌先でねろねろと転がした。

「ほ、ほら、こういうの好きだろ？」

膣肉でペニスを絞られる快感に耐えながら、乳房を揉みしだいて乳首を吸った。腰の振りは最小限に抑えて、膣口近くだけを延々と刺激した。

「ンンっ……そ、それ、ヘンな気分になっちゃう」

それまで黙っていた咲良が、掠れた声で訴えてくる。唾液で濡れた乳首は、さらなる愛撫を欲するように隆起していた。

「あっ……あっ……ね、ねえ、なんかおかしいの」

彼女の腰がくねくね揺れはじめる。もしかしたら、膣のほうも感じてきたのかもしれない。そういえば愛蜜の量が増えており、チュプッ、ニチュッという湿った音が結合部から響いていた。

「感じてるんだね……くうっ、俺も……」

これ以上は我慢できそうにない。それでも激しく突くことは避けて、超スローペースで腰を押し進める。浅瀬で遊ばせていた亀頭を埋没させて、ペニスを根元まで完全に挿入した。

「はううッ……ま、また入ってきた」

女体がブリッジするように仰け反り、咲良が涙で濡れた瞳を向けてくる。だが、いくらか破瓜の痛みは軽減しているらしい。腰が微かにくねっており、膣襞も艶《なま》めかしくザワついていた。

「ううっ、咲良ちゃんのなかが、絡みついてくるよ」

激しくピストンしたいのをこらえて、ゆっくり肉柱を出し入れする。彼女に苦痛を与えたくない一心だ。焦れるようなスピードだが、それがかえって経験したことのない快楽を生み出していた。

「あっ……あンっ……な、なに、これ……はあンっ」

咲良の唇からも甘い声が漏れている。ペニスが動くたびに、快感が見え隠れしているのだろう。初めての感覚に戸惑いながらも、乳首をビンビンに硬くして、瑞々しい肌をピンクに染めていた。

「あンっ、やだ、ヘンな声が出ちゃう、ああンっ」

「さ、咲良ちゃん……ううっ、し、締まるっ」

つい先ほどまでヴァージンだった女壺が、男根をこれでもかと締めあげてくる。ゆっくりの抽送《ちゅうそう》でも、膣襞がザワめくので快感は大きかった。

「お、俺、もう……ううっ」

腰の動きを少しだけ速くする。超スローペースだったので、わずかなスピードアップでも効果は絶大だ。愉悦の波が押し寄せて、正常位で覆いかぶさった直紀の体が震えはじめた。

「くううっ、で、出そうだ」

「あっ、ああっ、直紀、ああンっ」

咲良も愛らしい喘ぎ声を振りまき、女体を悶えさせている。彼女が感じているという事実が、直紀の射精欲をさらに刺激した。

「も、もうダメだっ、おおおッ、くおおおおおおッ！」

呻き声が溢れると同時に、女壺に根元まで埋めこんだペニスが脈動する。沸騰したザーメンが尿道を駆け抜けて、亀頭の先端から噴き出した。

「ひあぁッ、あ、熱いっ、はああッ、あああああああッ！」

咲良が下腹部を波打たせて絶叫する。牡の欲望を体内に初めて流しこまれて、女体がぶるぶると痙攣した。

初心《うぶ》な媚肉に包まれて射精する感覚は格別で、直紀はその愉悦に酔いしれた。

そして、すべてを蜜壺のなかに注ぎこみ、彼女の隣に倒れこんだ。

畳の上に全裸で転がり、ハアハアと胸を喘がせる。まだペニスは射精の快楽に痺れていた。絶頂の余韻が全身にひろがり、言葉を発することもできなかった。だが、興奮が収まってくるにつれて、冷静さが戻ってきた。

（俺は……いったい、なにを……）

智美を捜しに来たのに、なぜか隣には別の女性が裸で横たわっている。しかも、頼まれたとはいえ、彼女のヴァージンを奪ってしまった。

（なんてことを……）

とてつもなく、まずいことをしたような気がしてくる。

ところが、初めての経験で身も心も疲れきったのだろう、咲良はいつしか気持ちよさそうな寝息を立てていた。

(それにしても……)

ふと疑問が湧きあがった。

なぜ咲良はこれほどまでに処女を捨てたがっていたのだろう。彼女の寝顔が満足げなので、なおのこと困惑してしまう。これで本当によかったのか、いくら考えてもわからなかった。

「風邪を引くよ」

直紀はそっと身を起こすと、彼女の身体に脱ぎ捨ててあった服をかけた。

この村に来てから、なにかおかしい気がする。でも、なにがおかしいのか、自分でもわからなかった。

ふと窓の外を見やると、真っ白な谷霧があたりを埋めつくしていた。

第三章　女宮司の名器

1

咲良の家を出ると、直紀は谷霧のなかをなんとか宿に戻った。

昨日よりも霧は濃かったが、昼間のうちに散々歩きまわったので、村の道は頭に入っていた。道がわかっていたので、視界が悪くてもそれほど不安はなかった。

（いったい、どうなってるんだ）

直紀は座卓の前で胡座をかき、深い溜め息を漏らした。

昨夜に引きつづき、また村の女性と関係を持ってしまった。しかも、出会ったばかりの女性に処女を奪ってくれと懇願された。こんなことが自分の人生で起こるとは思いもしなかった。

「あら、大きな溜め息」

夕食の皿を並べていた由里子が声をかけてきた。

この日も着物姿で、黒髪をきっちり結いあげている。動きのひとつひとつに品があり、いかにも温泉旅館の女将《おかみ》といった感じだ。昨夜の腰を振って喘ぎまくっていた淫らな姿が嘘のようだった。

「すみません、つい……」

溜め息は周囲の人に気を遣わせてしまう。直紀は慌てて口もとを引き締めると頭をさげた。

「智美さんにはお会いできましたか?」

由里子が尋ねてくる。夕食の支度をする手は休めることなく、さりげない聞き方だった。

「いえ……」

直紀が短く答えると、彼女は小さく頷いた。

もしかしたら、会えないとわかっていたのではないか。そんな彼女の反応に違和感を覚えた。

「いただきます」

手を合わせてから、わらびの煮浸しを口に運んだ。シャキシャキとした歯応えと鰹節の風味が嬉しかった。

「また霧が濃くなりました」

ふいに由里子がひとり言のようにつぶやいた。

うつむいた彼女の横顔に視線が吸い寄せられる。形のいい耳に、後れ毛が二、三本垂れかかっていた。着物のふっくらした胸もとが視界に入り、ついつい重たげに揺れていた乳房を思い出してしまう。

（な、なにを考えてるんだ）

慌てて小さく頭を振って、人妻の身体から視線を引き剝《は》がした。

しかし、三十三歳の熟れた女体からは、隠しきれない色香が放たれている。視線をそらしても、脳裏には昨夜の体験が鮮明に浮かんでいた。

（智美さんに会いに来たんだぞ）

心のなかで自分自身に言い聞かせる。だが、なにかがおかしい。この村に来てから、どうも調子が狂っていた。

こんなことをやっている場合ではないと頭ではわかっている。だが、由里子や咲良に誘われると抗えなかった。普段は身持ちが固そうに思える彼女たちが、どういうわけか積極的に迫ってきたのだ。経験の浅い直紀が拒絶できるはずもなかった。

この日も宿泊客は直紀ひとりだけだ。食後のお茶を飲みながら、由里子の顔をちらりと盗み見た。

（まさか、今夜も……）

無意識のうちに喉がゴクリと鳴った。

いや、いくら欲求不満でも彼女は人妻だ。二日連続で夜這いをしかけてくることはないだろう。

「ごちそうさまでした。風呂に入ってきます」

とにかく風呂に入って気持ちを落ち着かせるつもりだった。

由里子の手料理で腹を満たして、温泉でゆっくり疲れを癒した。そして、この日は早めに横になった。

深夜十二時前、直紀は布団のなかで目を覚ました。

疲れていたので眠りが深かったらしい。目覚ましをかけていたが、鳴る前に意識が覚醒した。それほど長く寝たわけではないが、すっきりしている。

(あれは智美さんだったのか？)

布団のなかで昼間のことを思い出す。

智美にそっくりの女性が森に入っていった。あの森が気になって仕方がない。咲良に会わなければ、間違いなく追っていた。

(やっぱり、確かめにいくべきだ)

このままでは、智美に会えない気がする。さすがにこの時間は気が引けるが、直紀は布団から這いだした。

部屋には備えつけの懐中電灯があったのを確認している。災害用だが、それを拝借して深夜の森に向かう計画だった。

神聖な森だと聞いている。だから、この時間なら、村人たちに見つかって咎《とが》められることもないだろうと考えた。

直紀は着替えをすませると、寝ているであろう女将を起こさないように気をつけながら部屋をあとにした。足音を忍ばせて廊下を進み、慎重にスニーカーを履くと、引き戸をじわじわとスライドさせた。

（よし、上手くいったぞ）

旅館の外に出て、さっそく懐中電灯を点けてみる。ところが、谷霧が立ち籠《こ》めて真っ白だった。

でも、焦ることはない。森までの道順は頭に入っていた。それより、深夜の村は怖いくらい静まり返っている。外灯もなく車も走っていないし、この霧では出歩いている人もいなかった。

東京は眠らない街などと言われるが、確かにそうかもしれない。同じ日本とは思えないほど、夕霧村は淋しい雰囲気だった。

（ちょっと……怖いかも……）

後悔の念がこみあげるが、智美に会わないで帰るわけにはいかない。夜が明けて日曜日になったら帰京しなければならない。時間を無駄にはできなかった。

谷霧が濃く漂うなか、ゆっくり歩いて森の入口に到着した。

昼間、咲良に出会った場所だった。懐中電灯の明かりを森に向けるが、谷霧に阻まれて鳥居は確認できない。だが、直紀は確信していた。ここをまっすぐ進めば、鳥居に辿り着くはずだった。

（よし、行くぞ）

気合いを入れて、いよいよ森に踏みこもうとする。そのとき、耳の奥で咲良の声がよみがえった。

――森に入ったら抜け出せなくなるよ。

あれは、いったいどういう意味なのだろう。

樹海のように迷ってしまうのか、それとも狂暴な野生動物がいるのか、あるいは想像もつかない恐ろしいことがあるのか。

（か、考えすぎだよ……とにかく、俺は智美さんに会うんだ）

強く自分に言い聞かせると、ついに森のなかに足を踏み入れた。

土が剥き出しの細い道がつづいている。人が行き来するため、雑草が押し倒されて自然と通路になったのだろう。周囲に懐中電灯を向けると、まったくの手つかずで雑草が生い茂っていた。

相変わらず谷霧が濃く、遠くまでは見通せない。それでも、智美に会いたい一心で進んでいく。彼女に似た女性が、確かにこの森に入っていったのだ。現時点で直紀が摑んだ情報はこれだけだった。

（あった……）

昼間、森の入口から見えた朱色の鳥居の前までやってきた。

遠くから見たときはわからなかったが、かなり年季が入っている。朱色の塗料はところどころ剝げており、木肌が剝きだしになっていた。朽ち果てそうな鳥居だが、見あげていると威厳のようなものを感じるから不思議だった。

おそらく、この先に神社があるのだろう。そして、そこに智美がいるのではないかと直紀は踏んでいた。

咲良は智美が祭りを仕切ると言った。祭りの内容は今ひとつわからないが、神社が関係しているのなら、そこで準備をしている可能性もある。とにかく、自分の目で確かめるしかなかった。

（失礼いたします）

一礼してから鳥居を潜る。真ん中は神様が通る場所だと聞いたことがあるので、端のほうを歩くように注意した。

鳥居までは昼間、森の入口から見えたが、その先のことはわからない。土が剝き出しの細い道を注意深く進んでいった。

（おっ、これは……）

ふいに霧の向こうから大きな建物が現れた。

歴史の重みを感じさせる瓦屋根の建物は、神社の本殿に間違いない。神聖な森の奥にひっそりたたずんでおり、確かに特別な雰囲気が漂っている。直紀は圧倒されたように、しばらく本殿の階段の前で身動きが取れなかった。

（このなかに、智美さんがいるかも……）

確信はないが可能性はある。直紀は再び一礼すると、階段の端をゆっくりのぼりはじめた。ミシッ、ミシッと木の軋む音が、深夜の森に響き渡る。音がどこまでも響いて、なにやら心細くなってきた。

（こ、怖くない……怖くないぞ）

智美に会えることを信じつづける。そして、木製の引き戸の前に立つと、震える指を引き手にかけた。

（頼む、いてくれ……智美さんっ）

心のなかで祈りながら、引き戸をゆっくり開いていく。ほんの少し隙間ができると、なかから揺れる明かりが漏れてきた。

直紀は恐るおそる引き戸の隙間に顔を近づけていった。

本殿のなかは畳敷きの広い空間で、おそらく百畳はあるだろう。一番奥に祭壇があり、そこに五本の蠟燭《ろうそく》が灯《とも》されていた。

(あ、あれは……)

祭壇の前に誰かが正座をしている。白装束に黒い烏帽子《えぼし》をかぶっているので、宮司《ぐうじ》に間違いなさそうだ。だが、智美の姿は見当たらなかった。

(あの人に聞けば……)

宮司なら知っているかもしれない。だが、祭壇に向かっているので、祈祷《きとう》をしているのではないか。その後ろ姿からは厳《おごそ》かな空気が感じられる。邪魔をしたら、罰が当たりそうだ。それに今は真夜中だ。直紀は声をかけるタイミングを見計らい、引き戸の隙間から息を呑んで見つめていた。

蠟燭を灯しているせいか、本殿のなかが微かに煙っている。直紀は噎《む》せ返りそうになるのをこらえて、宮司の背中に視線を送っていた。

やがて白装束の宮司がすっと立ちあがった。そして、祭壇に向かって一礼してから、ゆっくりこちらを振り返った。

「……え？」

顔が見えた瞬間、直紀は思わず小さな声を漏らしていた。

2

（ま、まさか……）

直紀は引き戸の前で身動きが取れなかった。

白装束に身を包んだ宮司は、智美だった。

黒髪を結いあげて、烏帽子をかぶっているが、捜しつづけていた彼女に間違いなかった。なにしろ凜々《りり》しいスーツ姿の彼女しか知らなかったので、あまりにも予想外の格好だ。それでも、想いを寄せている女性の顔を見紛《みまが》うはずがなかった。

直紀の存在に気づいたのか、智美がしなやかな足取りでこちらに近づいてくる。そして、引き戸を開けると、戸惑いの瞳を向けてきた。

「やっぱり、来てしまったのね……」

驚いている様子はなかった。直紀が村に来ていることは、すでに耳に入っていたのだろう。いつかここを訪ねてくることも予想していたに違いない。驚きの代わりに困惑の表情を浮かべていた。

「と……智美さん」

なにから話せばいいのかわからない。とにかく、今は彼女に再会できたことだけで、胸がいっぱいになってしまった。

「とにかく入って。なかで話しましょう」

智美にうながされて、スニーカーを脱いで本殿のなかに足を踏み入れる。畳のひんやりした感触が、靴下越しに伝わってきた。

彼女は真っ白な足袋を履いており、音もなく滑るように歩いていく。本殿の中央に来ると、智美が畳の上にすっと正座をした。

「直紀くんも座って」

「は、はい……」

直紀も釣られて正座をする。智美が宮司の装束を身に着けているので、なんとなく膝を崩してはいけない気がした。

視界の隅で、祭壇に置かれた蠟燭が揺れている。古い建物なので隙間風が入ってくるのかもしれない。ときおり大きく揺れるのが、なにやら意思を持っているようで恐ろしかった。

智美は深刻な顔で黙りこんでいる。視線を落として、畳の一点だけをじっと見つめていた。

気まずい沈黙がつづいている。いろいろ聞きたいことはあるが、頭が整理できていない。疑問だらけで、わけがわからなくなっていた。

「どうして……どうして東京に戻ってこないんですか？」

沈黙を破ったのは直紀だった。

「携帯に電話をしても出てくれないし、メールをしても返信してくれないから、本当に心配してたんですよ」

つい問いつめるような口調になってしまう。無断欠勤しているうえに、連絡がつかなかったのだ。彼女の無事を確認して安堵するのと同時に、腹立たしさがこみあげてきた。

「……ごめんなさい。あなたに別れを告げるのがつらくて……それに、本当のことを言ったら、きっと……」

智美の声はひどく悲しげだった。やむにやまれぬ事情があったのかもしれない。だが、いきなり「別れ」などと言われて、直紀はひどく動揺した。

「わ、別れって、ど、どういうことなんですか？」

正式につき合っていたわけではない。それでも、口づけを交わして、交際寸前まで進んでいたのは確かだった。

『わたしのことは忘れて』

そう書かれたメールが一度だけ届いた。あのとき、ある程度は覚悟はしたが、面と向かって言われるとショックは大きかった。

「全然わかりません。ちゃんと教えてください」

こんな別れ方はどうしても納得がいかない。きちんと説明してもらわなければ、智美のことを諦められなかった。

「そうね……直紀くんには、ちゃんと説明しないとね」

智美がうつむかせていた顔をすっとあげた。そして、直紀の目をまっすぐ見つめてくる。彼女のほうは、とっくに気持ちが固まっているようだった。

「わたしの家……神崎家は女宮司の家系なの」

「女宮司の家系？」

「そう、今まで黙っててごめんね」

落ち着いた口調で、智美の秘密が語られはじめた。

代々神崎家の女性が、この神社の宮司を務めてきたという。夕霧村において宮司の役割はとても重要で、村の権力者として崇められる存在らしい。どんなに些細な決めごとも、必ず宮司の許可が必要だった。

「いいことばかりじゃないの。やっぱり気苦労は多いし、精神的な重圧で体調を崩す人もたくさんいたみたい」

実際、女宮司だった智美の母親は、十年前に病気で亡くなっている。宮司という大役のプレッシャーが大きく、身も心もボロボロだったという。そして、姉の麻美が引き継いでいた。

「長女が継ぐっていう決まりはないのよ。でも、姉は大人しい性格のわたしには向いてないからって、自分から宮司に……」

そして、妹の将来を考えて、村から出してくれたらしい。智美は東京の大学に行かせてもらい、就職もできたことを心から感謝していた。

だが、麻美は生まれつき心臓が悪かった。それでも、これまでなんとか宮司の大役を務めてきたが、いよいよ無理が利かなくなってきた。そして、麻美は悩んだ末、妹の智美にメールを送ってきたという。

「そのメールって、もしかして……」

ふと思い出した。

ゴールデンウィークの直前、智美と二人きりで飲んで、いい雰囲気になった。盛りあがって口づけを交わしたのに、姉からのメールで中断した。あのとき、智美はなにがあったか教えてくれなかったが、ずいぶん深刻な様子だった。

「そう、あのときのメールなの。姉は忙しいときだけ手伝ってくれればいいって言ったんだけど……」

そして、ゴールデンウィークに帰省し、じっくり話し合ったという。そして、これ以上、姉に無理をさせられないと思ったらしい。

「わたしが宮司を継がないと……神崎家の娘だもの」

「そんな……じゃあ、もう東京には？」

「帰ることはないわ」

智美はきっぱり言いきった。

「一時だけでも、東京で普通の生活が体験できてよかった。今度はわたしが姉を助けたいの」

彼女の言葉には悲壮感すら漂っている。それでも、どこか清々《すがすが》しく感じるのは、決意が固まっている証拠だろう。

普通のサラリーマン家庭に生まれた直紀には、この小さな村で宮司を継がなければならない彼女の人生がひどく窮屈に感じられた。実家を離れることができず、仕事も決められてしまう。まるで鳥籠《とりかご》に囚《とら》われた小鳥のようだった。

「他の人でもいいじゃないですか。智美さんが無理してやらなくても、きっと進んで宮司になりたい人だっていますよ」

智美を東京に連れ帰りたくて、思ったままを口にする。ところが、彼女は静かに首を振った。

「もうすぐ村の大切な祭りがあるから、今は準備中なの。女宮司であるわたしにしかできないことなのよ」

「そんなの、誰か次の人に教えてあげれば——」

「これは神崎家の宿命なの。わたしの代でそれを破ることは許されないわ」

決して大きな声ではないが、彼女の言葉には有無を言わせぬ迫力がある。直紀はそれ以上、反論できなくなってしまった。

ただ、このまま引きさがるわけにはいかない。そんな直紀の様子を見て、智美がおもむろに口を開いた。

「じつはね、神崎家にだけ伝わる秘法で、媚薬《びやく》の調合をしているの」

「媚薬……ですか？」

「祭りには欠かせないものよ」

昔から儀式に使っていて、ちょうど今、野草を燻《いぶ》しているところだという。それで、本殿のなかが煙っていたのだ。

「この匂い……」

なにやら甘ったるい独特の香りが漂っている。これまで一度も嗅いだことのない匂いだった。

「森に自生している大麻よ」

智美は驚きの秘密をさらりと口にした。あまりにも自然だったので、危うく聞き流すところだった。

「そ、それって、違法なんじゃ……」

「ええ、でもこの村では伝統的に媚薬として使われていて、調合方法を知っているのは神崎家だけなの」

使用するのは祭りのときだけと決まっているらしい。だからといって、許されることではなかった。

「警察に密告する？」

「そ、そんなこと……」

直紀は思わず言い淀んだ。密告などできるはずがない。智美が捕まることは望んでいなかった。

「いけないことだってわかってる」

蠟燭の炎が揺らめくなか、智美はぽつりとつぶやいた。

「でも、わたしは代々受け継がれてきた宮司の務めを果たすしかないの……」

それが神崎家に生まれた宿命だという。

智美の顔には悲壮なまでの決意が滲んでいた。自分には宮司など向いていないと思ったが、今は役割をまっとうすることだけを考えていると言いきった。

「でも、媚薬を使う祭りって……」

祭りの実態がまったく見えてこない。媚薬を使うとは、いったいどんな祭りなのだろうか。

「とっても淫らな祭りよ……それが嫌で東京に出たの」

「淫らな……」

確か咲良も同じことを言っていた。直紀は小声でつぶやき、太腿の上に置いた両手を強く握った。

「知れば、直紀くんはわたしを嫌いになるわ」

「そんなこと！」

思わず声が大きくなる。智美のことを嫌いになるなど考えられなかった。

「絶対にそんなことありません。俺は、智美さんのことを本気で――」

「言わないで」

告白しようとした直紀の言葉は、智美の悲痛な声で遮られた。

「直紀くんにだけは嫌われたくなかった。だから、黙って消えたの」

まだ彼女はとてつもない秘密を抱えている。知るのは恐ろしいが、ここまで来て聞かずに帰ることはできなかった。

「教えてください……全部……」

彼女のすべてを知りたい。いや、知らなければならない。それを知ったうえで、あらためて告白するつもりだ。この胸の熱い滾《たぎ》りは本物だと信じていた。

「どうしても聞きたいのね……」

それは直紀に向けられたというより、彼女が自分自身に語りかけた言葉だった。智美は小さく息を吐きだすと、意を決したように口を開いた。

「男の人が少ない村だから、放っておくと年々子供が減ってしまうの……」

村を存続させるため、精力の強い男性を祭りで選ぶという名目のもと、乱交が行われるという。女性は村人に限るが、男性は村の外からでも参加できる。ただし絶対に秘密を守れることが条件で、なおかつ宮司の許可が必要だった。

「参加した男女が自由にまぐわうの。媚薬の効果もあるから、勝負がつくまで何時間もかかるのよ」

男と女が自由に絡み合う。そんな祭りが、この現代で実際に行われているとは信じられなかった。

「で、でも……精力の強い男を選んで、なにを……」

喉がカラカラに渇いている。ここまで聞く限り、普通の祭りではない。嫌な予感しかしないが、聞かないわけにはいかなかった。

「女宮司を抱く権利が与えられるわ。そして、女宮司を抱くのは、この村の男にとって最大の栄誉なの」

智美の口から語られたのは、夕霧村の信じがたい祭りの実態だった。

「そ、そんな……」

いくら村のためとはいえ、精力が強いだけの男とセックスしなければならない。女宮司だけが、どうしてそんな目に遭わなければならないのだろう。

「元気な子供を残すためなの。村のためなのよ」

彼女の言葉は淡々としている。すべてを諦めてしまったのか、それとも納得して受け入れているのか判断がつかなかった。

「だからって、智美さんだけが……」

「祭りには村の女の人が大勢参加するわ。孕《はら》んだ女の人は大切にされて、村のなかでの地位が高くなるのよ」

「孕むって、好きでもない相手の子供をですか？」

「それが『孕み祭り』よ。村に生まれた女は、村のために孕むことで幸せを感じることができるの」

孕み祭り――それが祭りの名称らしい。なんておぞましい名前なのだろう。直紀は戦慄を覚えるが、彼女はなぜかうっとりした様子だった。

「祭りは谷霧が一番濃くなった日に開催されるわ。だから村の女たちは、霧が濃くなってくると気持ちが昂《たかぶ》ってくるのよ」

智美の声が熱を帯びていく。しゃべりながら興奮しているのか、徐々に瞳が潤んで頬に赤みが差してきた。こんな彼女の表情を見るのは初めてだった。

「あ、あの、智美さん？」

「それだけじゃないわ。祭りで選ばれた男の人は、女宮司をイカせることで英雄として語り継がれるの」

一瞬、自分の耳を疑った。

彼女の唇から紡《つむ》がれた言葉に驚かされる。目の前にいるのは確かに智美だが、もはや直紀が知っている清楚な彼女ではなかった。

「こんな村にいたらダメです」

直紀は思わず立ちあがり、智美の手を摑んだ。

「東京に帰りましょう」

祭りの実態を知った今、彼女をこの村に置いておくわけにはいかない。このままでは、智美は宮司として愛のないセックスをすることになる。それがわかっていながら、放っておけるはずがなかった。

「わたしが村を出るわけにはいかないわ」

とっくに覚悟が決まっているのだろう。それどころか、村のためになる喜びを感じているのかもしれない。彼女の声は驚くほど穏やかだった。

「でも、ここにいたら智美さんは……」

「ごめんなさい。東京には行けないわ」

智美の言葉はきっぱりしていた。申しわけなさそうに一瞬視線をそらしたが、すぐに見つめ直してくる。その瞳からは強い意志が伝わってきた。

だからといって、直紀も引くわけにはいかない。想いを寄せる女性が、見知らぬ男のものになってしまうのだ。いくら村の伝統行事とはいえ、放っておくことはできなかった。

「俺といっしょに来てください」

強く手を引くが、彼女は頑として動かない。正座をしたままで、まっすぐ直紀を見あげてきた。

「わたしがいなくなれば、また姉が宮司になるわ。たったひとりの肉親なの」

彼女の言葉は非常に重いものだった。

女宮司の家系に生まれて、幼いころから様々な重圧を感じてきたという。狭い村のなかで、常に注目されながら生きてきた。特別扱いされて、周囲と気軽に話せる雰囲気ではなかった。友だちもできず、姉だけが心の支えだったという。

そして、姉は妹を思い、自分が宮司になることで、一度は智美を村から出してくれた。そんな姉が今は病《やまい》に伏せっているのだ。

「でも……このままじゃ……」

智美の状況はわかるが、彼女が穢されると知りながら、この手を離すわけにはいかない。だからといって、どうすればいいのか直紀には考えが見つからなかった。

「ううっ……」

困惑した直紀は、思わず嗚咽《おえつ》を漏らしてしまう。

「じゃあ、こうしましょう――」

そんな直紀の苦悩している姿を見つめていた智美が、静かに語りかけてきた。

「もし直紀くんが、わたしを抱いてイカせることができたら、黙って言うことを聞くわ。でも、直紀くんが先にイッてしまったら、そのときはわたしのことを忘れて、東京に帰るのよ」

「な、なにを言って……わっ！」

彼女の手を摑んでいた手を、反対に引っ張られて前のめりになった。智美は畳の上で仰向けになり、女体に覆いかぶさる格好だ。とっさに片手を畳について体を支えたが、もう片方の手は彼女の乳房に引き寄せられていた。

「うっ……」

宮司の装束越しに、柔らかい感触が伝わってくる。しかも、顔が近づいており、彼女の甘い吐息が鼻先を掠《かす》めていた。

「祭りで選ばれた男の人は、きっとわたしのことをイカせるわ。直紀くんにもそれができる？」

挑発的な言葉をかけられて、信じられない展開に戸惑いながらも直紀は決心した。

（智美さんをイカせてやる――）

3

智美はいったん立ちあがると、宮司の装束を脱ぎはじめた。

袴《はかま》もおろして白い長襦袢《ながじゅばん》になった智美が、蠟燭の揺らめく明かりのなかにたたずんでいる。黒髪を結って頭には烏帽子をかぶり、白足袋を履いた足で冷たい畳を踏みしめていた。

（智美さんが、俺の目の前で……）

思いもしない展開だった。

直紀は畳に座りこみ、智美のことを呆然と見あげていた。

彼女の指が伊達《だて》締《じ》めをほどき、長襦袢の前がはらりと左右に開いていく。下着をつけていないため、いきなりたっぷりとした乳房が露わになった。

(こ、これが、智美さんの……)

白桃を思わせる双《ふた》つの膨らみが、すぐそこで揺れている。染みひとつない肌がまろやかな曲線を描いており、頂上部分には肌色に近い乳首が乗っていた。

肩を滑った長襦袢が、音もなく足もとに落ちる。これで彼女が身に着けているのは、白足袋と烏帽子だけになった。

くびれた腰の曲線と平らな腹に視線が吸い寄せられる。ふっくらした恥丘を彩っているのは漆黒の陰毛だ。絹糸のように繊細な秘毛が逆三角形に生えており、微かな空気の流れに反応して揺れていた。

「もっと見ていいのよ」

智美の声は消え入りそうなほど小さい。だが、自分の意思で肌を晒したのは紛れもない事実だった。

彼女は恥ずかしげに視線をさげるが、裸体を隠すことはない。両手は腹の前に置いており、くびれた腰を誘うようにくねらせた。蠟燭の明かりを浴びた白い肌が、艶めかしく波打っていた。

「ほ、本当に……い、いいんですね？」

直紀は上擦った声で尋ねながら、智美の裸体に這い寄った。

彼女は内腿をぴったり閉じて、内股気味になっている。恥丘が目の前に迫り、直紀の鼻息でなびいていた。

両手を伸ばして太腿にそっと触れると、女体にピクッと震えが走った。あの智美に触れていると思うだけで気持ちが昂っていく。逸る気持ちを抑えて、指先を上下にゆっくり滑らせた。

「ン……」

彼女の唇から微かな声が溢れ出す。内腿を切なげにもじもじ擦り合わせている。その姿を見ているだけで、瞬く間に欲望が膨れあがった。

「も、もっと……もっと見たいです」

この状況で平常心を保っていられるはずがない。彼女の膝に手をかけて、強引に脚を開かせにかかった。

「いいわ、全部見て」

智美は抵抗することなく、足袋を履いた足をゆっくり滑らせる。膝がじわじわ離れて、ぴったり閉じていた内腿が開いていった。

直紀は畳に座っており、智美はすぐ目の前に立った状態だ。ちょうど股間が眼前に迫っていて、しかも彼女は蠟燭の方に身体を向けてくれる。そのため、徐々に露わになっていく女の秘めたる部分をはっきり確認できた。

「こ、これが……」

細い陰毛がそよぐ恥丘の下から、サーモンピンクの割れ目が姿を見せる。二枚の陰唇はむちっとしており、隙間なく密着していた。中心に走る溝を凝視すると、うっすら透明な汁が滲んでいるのがわかった。

「お、俺は……智美さんの……」

胸の奥に熱いものがこみあげてきた。智美の陰唇を目にしていることが信じられなかった。

他の女性を見たときとは異なる感動が押し寄せてくる。ずっと想いを寄せてきた女性が、蠟燭の明かりの前で股間を晒しているのだ。夢なら醒めないでくれと、本気で願った。

「直紀くんに見られてるのね……はあンっ」

視線を浴びることで感じているのかもしれない。智美は少し腰を落として、自ら股間を突き出してきた。

「うおっ……」

直紀は目を見開いて低く唸った。

会社ではスーツ姿でバリバリ仕事をこなしていた智美が、がに股の情けない格好で股間を見せつけている。恥丘に茂る陰毛の一本いっぽんから、生々しい肉色の陰唇まで、すべてがあからさまになっていた。

「ああ、直紀くんの前で裸になるなんて……」

智美の声は上擦っている。興奮しているのは彼女も同じらしい。直紀の前で裸体を晒すことで、晒された内腿が小刻みに震えはじめていた。

「ね、ねえ……直紀くんも脱いで」

「は……はい」

先ほどからジーパンの前が痛いくらい突っ張っている。直紀も裸になりたくて仕方がない。ここぞとばかりに服を脱ぎ捨てて、あっという間に全裸になった。

胡座をかいた股間から、ペニスが雄々しく屹立している。我慢汁が溢れて、腹につくほど反り返っていた。

「もうこんなに大きくしてくれたのね」

智美は目を細めてつぶやくと、目の前にゆっくりしゃがみこんだ。

当然のように足首を摑み、脚を開かせて間に入りこんでくる。直紀は肩を軽く押されて、畳の上で仰向けになった。

「ちょ、ちょっと……」

「直紀くんてやさしいのに、ここは立派なのね」

智美は正座をして前屈みになり、肉棒の根元に両手を添えてくる。軽く触れられただけでも、腰が震えるほどの快感がひろがった。

「うっ……な、なにを？」

「決まってるでしょ。こうするのよ」

彼女はピンクの舌先を覗かせると、亀頭の裏側をペロリと舐めあげた。

「ううっ！」

柔らかくて熱い舌が這いまわり、くすぐったさをともなうゾクゾクするような感覚が湧き起こった。

「ま、待ってください」

直紀は慌てて声をあげた。

憧れの智美が自分のペニスを舐めているのだ。こんなことをつづけられたら、すぐに我慢できなくなってしまう。彼女をイカせる前に、あっという間に追いこまれるのは目に見えていた。

「こ、今度は、俺が……」

「まだはじめたばかりよ。もう少しがんばって」

早急に攻守交代したいが、智美は中断する様子もなく股間から見あげてくる。そそり勃《た》ったペニスの向こうで、唇の端を微かに吊りあげて笑っていた。

（ほ、本当に、智美さんなのか？）

信じられないほど妖艶な表情だった。

あの清楚だった智美が、亀頭に舌を這わせながら微笑を浮かべている。しかも、烏帽子が目に入るので、彼女が宮司だということ常に意識してしまう。罰当たりなことをしている気分になり、現実感がなくなっていった。

「ここが感じるのね」

彼女の濡れた舌先が、亀頭の裏側をチロチロ舐めてくる。決して強く触れることなく、軽く掠るような舐め方だ。その焦らすような刺激が、かえって大きな快感を生み出していた。

「うっ……ううっ」

たまらず腰が左右に揺れて、尿道口から透明な汁が溢れ出す。その間も智美は直紀と視線を合わせたまま、舌先を器用に蠢《うごめ》かせて裏筋をくすぐっていた。

「こんなに硬くなって……はンっ、ピクピクしてる」

言葉でも直紀の性感を煽《あお》りながら、張り出したカリの周囲に舌を伸ばしてくる。顔を少し傾けて、じっくり慎重に舐めてきた。

「そ、そんなに……うむっ」

彼女の舐め方はとにかく丁寧で、じわじわ快感を送りこんでくる。微弱電流のように緩やかな刺激だが、その分、蓄積して巨大化していく気がした。

「も、もう……」

これ以上は危険だった。

中断させようとして上半身を起こすと、それを見越していたように智美は亀頭をぱっくり咥えこんだ。

「あふンンっ」

「くおッ、ちょ、ちょっと……くうううッ！」

熱い吐息がペニスの先端に吹きかかり、柔らかい唇がカリ首に密着する。途端に新たなカウパー汁が噴き出し、直紀は仰向けに倒れこんだ。

「こ、こんな……ううッ」

「むふっ、いいのよ、このまま出しても」

智美が亀頭を口に含んだ状態で、上目遣いに語りかけてくる。そして、滑らかに蠢く舌を、膨張した亀頭に這いまわらせてきた。

「そ、それ、くううッ」

張りつめたペニスの先端をヌルヌルと舐められる。巨大な肉の実の表面を柔らかい舌が這いまわったかと思えば、尿道口もやさしく吸いあげられた。

「ぬおおッ！」

カウパー汁を啜《すす》ると、彼女は躊躇することなく嚥下《えんげ》する。それと同時に、太幹の根元に巻きつけた指でゆったり擦りあげてきた。

「また太くなったみたい……我慢しなくていいのよ」

亀頭についばむようなキスを繰り返し、絶えず新しい快感を送りこんでくる。これで本格的な口唇ピストンがはじまったら、瞬く間に射精してしまう。だが、彼女より先に達するわけにはいかなかった。

「ま、まだだ……くおおッ」

直紀は畳に両手の爪を立てて、懸命に快感と闘っていた。

射精の誘惑に駆られるが、理性の力を振り絞って跳ね起きる。智美の頭を両手で摑むと、股間から引き剝がした。

「あンっ……どうしたの？」

「こ、今度は……俺の番です」

危ないところまで追いこまれたが、なんとか耐え忍んだ。ここから逆襲に転じて、一気に彼女を絶頂させるつもりだった。

「横になってください」

智美を押し倒して仰向けにする。直紀は脚の間に入りこむなり、彼女の膝をぐっと押し開いた。

「あっ……な、直紀くん」

赤子が仰向けになって、おしめを替えられるときのような格好だ。とはいえ、股間に面を向ければ陰毛が茂っているし、サーモンピンクの陰唇も見えている。ペニスをしゃぶったことで昂ったのか、割れ目は愛蜜で濡れ光っていた。

「い、いや……こんな格好」

つい先ほどまで淫らな行為に耽っていたが、さすがに性器を剥き出しにされるのは恥ずかしいらしい。智美は目の下を赤く染めると、首を小さく左右に振った。

（そうだよ……これが本当の智美さんなんだ）

直紀は彼女の反応に気をよくすると、淫裂が剥き出しの股間に顔を寄せた。

チーズを思わせる濃厚な香りが鼻腔に流れこんで、牡の欲望が無性に煽りたてられる。この強烈な醗酵臭は、発情した牝の匂いに間違いない。やはり智美はペニスを咥えて興奮したのだ。

（よ、ようし、そういうことなら……）

遠慮することはない。直紀は思いきって、陰唇に口を押し当てた。

「ああっ……」

彼女の唇から甘い声が溢れ出す。白い内腿に緊張が走り、押さえつけている膝に力が入った。

柔らかい陰唇の感触が伝わってくる。人間の身体の一部とは思えない、熱くてトロトロで溶けてしまいそうだ。舌を伸ばして舐めあげると、割れ目から新たな蜜がじんわり溢れ出した。

(す、すごいぞ、智美さんのあそこを舐めてるんだ)

じつは、これが初めてのクンニリングスだ。学生時代につき合っていた恋人は、恥ずかしがってやらせてくれなかった。

(智美さんが初めての相手になるなんて……)

感激のあまり、夢中になってむしゃぶりついた。陰唇一枚ずつ口に含んでしゃぶりまわし、膣口に唇を密着させて吸引する。愛蜜をジュルルッと吸いあげては、遠慮することなく大量に嚥下した。

「あっ……あっ……そんなに飲まないで」

智美が困惑した声を漏らして、女体をくねくねよじらせる。華蜜の分泌量が増えているので感じているのだろう。この調子でいけば、彼女を絶頂に追いあげることもできるはずだ。

(なんとしても、東京に連れて帰るんだ)

決意を新たにして、尖らせた舌を膣口に埋めこんだ。クチュッという湿った音が響き、内側に溜まっていた果汁が溢れ出した。

「はあアンっ、ダメぇっ」

白足袋を履いた足が宙で跳ねあがった。

智美は甘ったるい声を振りまき、腰をしきりによじらせている。感じているのは間違いない。愛蜜の量が増えているし、瞳はとろんとして焦点を失っていた。

舌を懸命に伸ばして、女壺のなかを念入りに舐めまわす。敏感な膣襞をしゃぶりまくり、溢れてくる果汁を啜り飲んだ。さらには舌をピストンさせて、智美に喘ぎ声をあげさせた。

「ああっ、そんなにされたら……」

下腹部が波打ち、内腿にも痙攣が走っている。女体の示す反応は、ますます顕著になっていた。

（いける……いけるぞ）

経験の浅い自分でも、情熱の籠もった愛撫なら通用する。彼女の様子を目の当たりにして、直紀はますます自信を深めていた。

「ようし……」

直紀は股間から顔をあげると、愛蜜にまみれた口もとを手の甲で拭《ぬぐ》った。

智美を想う気持ちは誰にも負けない。彼女を先にイカせて、必ず東京に連れて帰ると、あらためて自分の胸に誓った。

「智美さん、俺は絶対に……」

最後はペニスを突きこんで、よがり泣きをあげさせるつもりだ。今なら彼女を感じさせる自信があった。

陰唇に亀頭を押し当てると、割れ目に沿って滑らせる。愛蜜とカウパー汁が混ざり合い、クチュクチュと湿った音が響き渡った。

「あ……あ……」

彼女の唇から切れぎれの声が漏れている。亀頭で陰唇を擦るたび、女体をたまらなそうにくねらせた。

「ね、ねえ、直紀くん……」

智美が物欲しげな瞳で見あげてくる。彼女も欲しているのは間違いなかった。

「じゃあ、挿《い》れますよ」

膣口を探り当てると、亀頭をゆっくり埋没させる。華蜜が溢れ出すのも構わず、じわじわとペニスを押しこんだ。

（こ、これが、智美さんの……）

ついに想いつづけてきた人とひとつになり、言葉にならない感動がこみあげた。

「智美さん、俺、嬉しいです。」

この日をずっと夢見てきたのだ。智美と連絡が取れなくなったときは、心配でたまらなかった。再会できただけでも嬉しいのに、こうして繋がることができた。口を開くと涙がこぼれそうで、奥歯をぐっと食い縛った。

「あああッ！　は、入ってくる」

半開きになった智美の唇から、甘い嬌声が溢れ出す。烏帽子をかぶった頭を揺らしながら、潤んだ瞳で見あげてきた。

「直紀くん……もっと来て」

切なげな声で懇願されて、またしても胸が熱くなった。

あの智美が自分のことを求めてくれているのだ。直紀は感激しながら、さらに腰を押しつけた。男根は陰唇を巻きこみつつ、女壷のなかに深く嵌《はま》りこんでいく。張りつめた亀頭が、みっしりつまった媚肉を掻きわけて進んでいた。

「ああッ、来る、どんどん入ってくるわ」

「と、智美さん……ううッ」

膣襞が絡みついてくる快感に呻きが漏れる。それでも根元まで押しこむと、互いの股間が密着して一体感がより深まった。

祭壇に置かれた蠟燭が、仰向けになった女体を照らしていた。軽く腰を動かすだけで、双つの乳房がタプタプ揺れる。光が横から当たっているため、乳房に合わせて影も大きく躍っていた。

「か、絡みついてくる……くううッ」

両手で乳房を揉みあげて、そっと指をめりこませる。肌理《きめ》の細かい肌はシルクより滑らかで、乳肉は溶けそうなほど柔らかい。奇跡の感触を堪能して捏《こ》ねまわし、先端の乳首を摘んで転がした。

「ああンっ、動いて」

智美が喘ぎ混じりの声で囁いてくる。しきりに腰をよじらせて、おねだりするように見つめてきた。

「じゃ、じゃあ、動きますよ」

直紀も最高潮に高まっている。もう動きたくてたまらなかった。

彼女の顔の横に両手をつき、腰を前後に振りはじめる。最初はゆったりとしたピストンだ。まずは男根と女壺に馴染ませるつもりで、できるだけ速度を落とした抽送を心がけた。

「あっ……あっ……」

智美の唇から声が溢れて、乳房も大きく波打った。カリが濡れた膣壁を擦り、亀頭の先端が膣奥を小突きまわす。二十七歳の女体は敏感に反応して、新たな華蜜をたっぷり分泌した。

「ああンっ、いいっ、ああっ」

「うおッ、し、締まってます」

膣襞がペニスに絡みつき、思いきり絞りあげられる。途端に快感の大波が押し寄せて、直紀は慌ててピストンを中断した。

（や、やばい……くぅうッ）

危うく暴発するところだった。あまりにも締まりが強くて、一気に放出したい衝動に駆られた。だが、今は自分の快楽を追求するのではなく、彼女を絶頂に導かなければならなかった。

（少し休んでから……）

快感の波が引くまで休憩するつもりだ。そのとき、智美が下から両脚を伸ばして、腰に巻きつけてきた。

「ううッ、な、なに？」

腰を引きつけられる結果となり、ペニスが膣の深い場所まで埋没していく。膣襞に締めあげられると、収まりかけていた快感が再び膨らんだ。

「くうぅッ！」

とっさに尻の筋肉に力をこめて、なんとか射精感をやり過ごす。だが、これで危機が去ったわけではない。彼女は両腕を伸ばすと、直紀の首にまわしこんできた。

「こっちに来て」

「うおッ……と、智美さん？」

しっかり抱き寄せられて、胸板と乳房が密着する。柔肉の心地よい感触が伝わり、それだけでも射精欲が膨れあがった。

「もう我慢できないんでしょ？」

耳もとで囁かれて、背筋にゾクゾクする快感が駆け抜けた。そのまま耳の穴に舌が入りこみ、ねちっこく舐めまわされる。その間、女壺は収縮と弛緩を繰り返し、ペニスを咀嚼《そしやく》するように咥えこんでいた。

「ダ、ダメです、くおおッ」

快感がどんどん大きくなり、もう先走り液がとまらなくなる。体を起こそうとするが、彼女は腰の後ろで足をしっかりロックさせて、首に巻きつけた腕も離そうとしなかった。

「ちょっ、ちょっと……」

「気持ちいいでしょ、出してもいいのよ」

「おおッ、ま、待って、おおおッ」

こらえきれない呻き声が溢れてしまう。智美が下から股間をしゃくりあげてきたのだ。直紀は正常位の体勢で動いていない。それなのに、彼女が密着した状態で腰をクイクイ使っていた。

「くおおッ、ま、まずいですっ」

懸命に訴えるが、彼女はいっこうにやめようとしない。しっかり抱きつかれて逃げることもできず、直紀は女壺でペニスをしごかれつづけた。

「言い忘れてたけど、神崎家は女宮司の家系であるのと同時に、名器の家系でもあるの」

智美が耳をしゃぶりながら囁いてくる。直紀はもう言葉を返す余裕もなく、彼女の肩にしがみついていた。

確かに智美が股間をしゃくるたび、女壺が複雑な動きを繰り返す。膣襞がザワめいたかと思えば、ペニスをこれでもかと締めあげてくる。膣道全体が波打つように蠢き、奥へ奥へと引きこまれた。

これまでに味わったことのない女性器の感触だ。無数の濡れ襞でしごかれる気持ちよさは衝撃的だった。

「ううウッ、も、もうつ、うううウッ」

「なかでピクピクしてるわ。気持ちいいのね」

智美の囁く声が射精欲を煽りたてる。下になっている女性が、これほど腰を使えるとは知らなかった。愛蜜の分泌量も多いので、彼女も感じているのは間違いない。だが、もう直紀は耐えるので精いっぱいだった。

「我慢しなくていいのよ」

「ううッ、そ、そんな、俺は……と、智美さんを……」

彼女を東京に連れて帰る。そう誓ったはずなのに、もはや決壊寸前まで追いこまれていた。懸命に耐えるだけで、この状況を乗り越える策はなにもなかった。

「イキそうなのね。わかるわ」

「い、いやだ、お、俺は……くううッ」

直紀が限界だとわかったのだろう。智美の下からの腰の動きが加速する。膣襞も太幹を絞りあげて、射精をうながしてきた。

「うううッ、ダ、ダメだっ、出しちゃ……」

「いいのよ、いっぱい出して」

智美の囁きが引き金になった。耳たぶを甘嚙みされながら、激しく股間をしゃくりあげてくる。涙混じりに直紀は耐えるが、彼女の動きは激しくなるばかりだ。名器でペニスをしごかれて、直紀は為《な》す術《すべ》もなく絶頂の大波に呑みこまれていった。

「くおおおッ、も、もうっ、ああっ、で、出ちゃうっ、おおおッ、で、出る出るっ、おおおおおおおおッ！」

根元まで包みこまれた状態で、太幹が思いきり脈動する。凄まじい悦楽の嵐が吹き荒れて、ついに我慢の限界を超えて決壊した。直紀は獣のような雄叫びをあげながら、これまでにないほど大量の白濁液を噴きあげた。

あまりの快感に頭のなかが真っ白になる。それでも、まだ射精はつづいていた。

「はンンンンッ！」

智美も甘い声を振りまくが、最後まで絶頂に達することはなかった。

直紀が昇りつめてからも、ねちっこく股間をしゃくりあげてくる。そうやって最後の一滴まで絞り取り、ようやく手足の力を緩めて直紀を解放した。

「ううっ……」

放心状態となった直紀は、力つきて彼女の隣に横たわった。

どれくらい時間が経ったのか、しばらくして意識が戻ってきた。

情けなくて涙が滲んだ。彼女をイカせることができると思ったのは、ただの勘違いだった。この村に来て、少し経験を積んだことで調子に乗っていた。

だが、智美が本気になった途端、いとも簡単に追いこまれてしまった。なにもできないまま、快楽の海に溺れて情けなく暴発した。

（ああ、智美さんを連れ戻せなかった……）

敗北感が胸の奥にひろがっていく。

明日、直紀はひとりで東京に帰らなければならない。

股間には絶頂の余韻がひろがっている。だが、これほどつらい絶頂は、かつて経験したことがなかった。

「こんなにたくさん……やっぱり、先にイッてしまったのね」

隣の智美がつぶやいた。

彼女の割れ目から、大量に放った精液が溢れ出している。ブジュッと響く下品な音が、直紀の胸に敗北の痛みを刻みこんだ。

そして、智美は服を身に着けると、感情の起伏が感じられない瞳で直紀のことを見おろしてきた。

「わたしのことは、もう忘れて」

静かな声でそう言い残して、奥の部屋へと向かってしまった。

第四章　乱交祭り

1

　一睡もできないまま日曜日の朝を迎えた。

　深夜の神社で智美と関係を持ったあと、直紀は敗北感に打ちひしがれて、とぼとぼ旅館まで戻った。

　谷霧はいっそう濃く立ち籠めていた。

　懐中電灯で照らしても乱反射するだけで、かえって見づらくなるだけだった。足を引きずるようにして歩いたため、途中で何度も転び、宿についたときは土と埃《ほこり》にまみれていた。

汚れを落として、すぐ布団に潜りこんだ。しかし、智美のことを考えると涙がとまらなかった。

ようやく会えたのに、もう別れなければならない。こんな山奥の村までやって来たが、東京に連れ帰ることは叶わなかった。

窓の外が明るくなり、小鳥の鳴き声が聞こえてきた。

明日の月曜日から出勤することになっている。バスの時間までいくらか余裕はあるが、もう答えは出てしまった。智美がチャンスをくれたのに、絶頂に導くことはできなかった。

（いや、そうじゃない……）

今にして思えば、最初から勝負はついていた。

智美は「神崎家は名器の家系」だと言った。自分の膣が名器だとわかっていて、あの提案をしてきたのだ。

（どうしてなんだ……そんなに俺と帰りたくなかったのかよ）

考えるとますます惨《みじ》めになってくる。

連休に入るまでは、彼女といい雰囲気になっていると思っていた。東京でキスを交わしたとき、心までほんのり温かくなった。はっきり確認したわけではないが、彼女も自分に好意を持ってくれていると感じていた。

だが、気のせいだったのかもしれない。

結局のところ、すべて勘違いだったのではないか。恋心が募るあまり、甘い夢を見ていただけだった気がしてくる。自分ひとりで盛りあがって、妄想と現実の区別がつかなくなっていただけではないのか。

（バカだな、俺……）

また涙が溢れそうになり、唇を真一文字に引き結んだ。

起きあがると、布団を畳んで部屋の隅に寄せた。顔を洗って着替えると、荷物をバッグにつめこんだ。

廊下に出た途端、味噌汁の匂いが漂ってきた。

由里子が朝食の準備をしてくれたのだろう。なんとなく顔を合わせたくなかったが、黙って帰るわけにもいかなかった。

「失礼します……」

遠慮がちに大広間の襖《ふすま》を開けると、やはり座卓には朝食が用意されていた。

「向井さま、おはようございます」

正座をして皿を並べていた由里子が、手をとめて丁重に頭をさげてくる。相変わらず女将の仕事はきっちりしていた。体の関係を持ったのは一昨日のことだが、なんだか遠い過去のようだった。

「お、おはようございます」

無意識のうちに視線をそらして挨拶する。智美とのことを聞かれるのが嫌だったが、今朝の由里子は口数が少なかった。

「どうぞ、お召しあがりください」

それだけ言うと、正座をして静かに控えていた。

直紀も黙ったまま食事を摂り、残さず腹に収めて箸を置いた。食欲はまったくなかったが、それが作ってくれた由里子に対する礼儀だと思った。

礼を言って席を立つ。バッグを手にして玄関に向かうと、由里子も楚々とした足取りでついてきた。

「短い間でしたが、お世話になりました」

複雑な想いを胸に、あらためて頭をさげる。たった二泊の滞在だったが、非日常的な時間を過ごした。

思い返せば、由里子に夜這いされたのがはじまりだ。翌日には咲良、さらには智美とも関係を持った。かつてない体験ができたが、智美を東京に連れ帰るという目的は果たせず、気分は暗く沈んでいた。

「またいらしてくださいね」

由里子に見送られて宿をあとにする。

「ありがとうございます。また、いつか……」

直紀は無理に笑みを浮かべて頷いたが、内心ではもう二度と来ることはないだろうと思っていた。

谷霧はさらに濃くなり、村を呑みこむように漂っていた。

とにかく視界が悪く、ほとんど手探りで森のなかの小径を進んだ。緩い昇り坂になっているので、気づくと全身がうっすら汗ばんでいた。

ようやく舗装されている道路に抜けると、霧はすっかりなくなった。

ふと頭上を見あげれば、直紀の心境とは裏腹に青空がひろがっている。気持ちのいい快晴だ。夕霧村は地形の関係で霧が溜まりやすいと聞いていたが、これほど違うとは驚きだった。

久しぶりに舗装された道路を踏みしめる。スニーカーの裏にしっかりアスファルトを感じると、異世界から戻ってきたような気分だった。

道端に錆《さび》の浮いたバス停の標識が立っていた。

周囲には森がひろがっているだけで、人工物はなにもない。このバス停を利用するのは、夕霧村の人たちだけだろう。あと数分でバスがやってくるが、待っているのは直紀ひとりだった。

(智美さん……)

背後の森を振り返り、智美の顔を脳裏に浮かべた。

今でも彼女のことを想っている。簡単に忘れられるくらいなら、東京からわざわざ訪ねてきたりはしない。本気で連れ戻すつもりだった。直紀の顔を見れば、きっといっしょに戻ってくれると思っていた。

(俺、自惚《うぬぼ》れてただけなんだな……)

それだけではない。昨夜のセックスでは自分だけがイカされた。完膚なきまでに打ちのめされて、失意の帰京だった。

もうすぐバスがやって来る。心のなかで「さようなら」とつぶやいたとき、小径のほうから微かな物音が聞こえた。

「直紀さん、待って」

聞き覚えのある女性の声だった。

視線を向けると、そこには白いワンピースを纏った麻美が立っていた。肌は血管が透けそうなほど白くて、唇は凍えたように青白い。見るからに病弱そうで、よくあの森を抜けられたものだと驚いた。

かたわらには作務衣を着た使用人のじいやが付き添っている。相変わらず無表情だが、決して麻美から目を離さない。彼女がふらつく足取りで歩み寄ってくると、背後をぴったりついてきた。

「あ、麻美さん……」

ひ弱な身体で、わざわざ見送りに来たわけではないだろう。彼女が現れた理由がわからなかった。

「どうされたんですか？」

「智美の本当の気持ちを知ってもらいたくて」

戸惑いながらも問いかけると、近くまで来た麻美は穏やかな声で答えた。

智美の本当の気持ちとはどういう意味だろう。もちろん、直紀としては今でも彼女といっしょにいたいと思っている。だが、向こうにその気がないのなら、どうすることもできなかった。

「俺が一方的に想ってるだけで、智美さんは……」

あらためて口にすると、またしても悲しみがこみあげてくる。しばらくこの件には触れたくなかった。

「違うの、誤解よ」

「いいんです、慰めてくれなくても。もう忘れて、と言われました」

やさしい言葉をかけられることで、かえってつらくなってしまう。恋が終焉したことを実感して、鼻の奥がツーンとなった。

「本当に違うのよ。智美もあなたのことを想ってるはずよ」

麻美が真剣な表情で語りかけてくる。ただ慰めているだけとは思えない、熱の籠もった言葉だった。

「智美さんが……俺のことを？」

「ええ、あなたが来てくれて、本当はすごく喜んでいたのよ」

それにしては、智美の態度はあっさりしていた。神社で再会したときも、喜んでいる様子はなかった。

「智美さんがそう言ったんですか？」

「口には出さないけど、わかるわ。わたしは姉だもの」

麻美の瞳は自信に満ちていた。血の繋がった姉妹だからこそ、わかることがあるのかもしれない。

でも、直紀のことを想っていたのなら、あの勝負はなんだったのだろう。どうがんばったところで、直紀が勝てる見込みは薄かった。そして、予想どおり敗北して、ひとりこの村を去ることになった。

「智美は村に残るつもりなの。わたしが宮司をつづけられないから……。神崎家の娘に生まれた以上、どちらかが継ぐしかないのよ」

あまりにも重い言葉だった。

彼女たち姉妹は、女宮司の家系に生まれた宿命を背負っている。自分たちの幸せは後まわしで、村のことを最優先に考えていた。

「直紀さんは、この村に住む気はないのでしょう？」

「俺が……村に？」

智美を東京に連れ帰ることしか頭になかった。彼女の事情を聞く前から、そうするのが一番だと決めつけていた。

この村に残って智美といっしょにいるという選択肢は最初からなかった。麻美に言われたことで、初めて自分勝手だったと気づかされた。

「だから、直紀さんが諦めるように仕向けたのよ。この寂《さび》れた村でいっしょに暮らしてなんて言えないもの」

「俺のために……」

智美のことが心配で、この村に来たはずだった。ところが、そのせいで彼女を苦しめる結果になっていた。そのことにまったく気づかず、彼女の行動に疑問さえ抱いていたのだ。

「あの子、昨夜は明け方近くに戻ってきたの。部屋に籠もって泣いてたわ。あなたが帰ってしまうのが、よっぽど悲しかったのね」

「そんな、俺は……」

そのころ、自分はいじけていただけだった。智美に拒絶された気がして、惨めな気分になっていた。

「智美が東京にいたとき、よくメールのやり取りをしていたの」

麻美は気を取り直したように、意識的に明るい声で話しかけてくる。直紀はただ青い空を見あげて、相づちを打つこともできないまま聞いていた。

「後輩で気になる男の子がいるとか、わたしのことを守ってくれたのとか……すごく楽しそうだったわ」

妹のことが可愛くて仕方ないのだろう。まさか麻美を通して、智美の本心を知ることになるとは思わなかった。

(智美さん……やっぱり、俺は……)

胸のうちに熱いものがふつふつとこみあげてきた。

彼女を想う気持ちは変わらない。いや、むしろますます強くなっている。智美の気持ちを知ってしまった以上、このまま帰ったら絶対に後悔する。もう彼女と離ればなれになるなど考えられなかった。

だが、智美は夕霧村の女宮司だ。もはや直紀が簡単に手を出せる相手ではなくなってしまった。

どうすればいいのだろう。昨夜、チャンスはあったが敗れていた。

(……そうだ)

直紀は決意の籠もった目を麻美に向けて、

「俺、祭りに参加したいです」

ときっぱり言いきった。

智美にもう一度、熱い想いを伝えるには、孕《はら》み祭りで勝ち抜いて、女宮司の相手に選ばれるしかない。だが、誰でも自由に参加できるわけではなかった。

「部外者が祭りに出るには宮司の許可が必要よ」

確か智美もそう言っていた。

果たして直紀に許可がおりるだろうか。一抹の不安がこみあげる。すると、麻美が柔らかい笑みを浮かべた。

「大丈夫、心配ないわ。これでも先代の女宮司だもの。わたしにも、ひとりだけなら推薦する権限があるのよ」

「麻美さん……ありがとうございます!」

直紀は深々と腰を折った。

「喜ぶのはまだ早いわ。祭りで勝ち抜くのは大変なことよ」

彼女の言葉を、直紀は真剣な表情で聞いていた。

過酷な戦いになるだろう。でも、覚悟はできている。愛する女性と再びひとつになれるのなら、どんなことがあっても諦めない。とにかく、悔いのないよう全力でぶつかるつもりだった。

「じゃあ、わたしはこれで。あなたに智美の本当の気持ちが伝えられてよかったわ」

麻美は穏やかに微笑むと、じいやとともに直紀の前から去っていった。

今年の孕み祭りは、谷霧がもっとも濃くなる明日の月曜日に開催されることが決まったという。

直紀はその場で携帯電話を取り出した。

会社にかけてみるが、日曜日なのでやはり誰も出ない。それならばと、上司の携帯電話にかけ直した。

『はい……』

なかなか出ないが、しつこく鳴らしつづける。ようやく繋がったと思ったら、上司の不機嫌そうな声が聞こえてきた。

「向井です」

『日曜日だぞ。なにかあったのか？』

欠伸《あくび》混じりの声で尋ねてくる。もしかしたら、昼寝をしていたのかもしれない。それなら、とっとと本題に入ったほうがいいだろう。

「明日も有休をください」

自分勝手なことを言っているのはわかっている。それでも、なにがあっても明日の祭りには参加するつもりだ。今は会社に行くよりも、智美と向き合うことのほうが大切だった。

『は？　おまえ、なに言ってんだ。金曜日に休んだばかりだろう』

「でも、どうしても出られないんです」

一歩も引かない強い口調で告げた。休めないのなら、もう会社を辞めてもいいとさえ思っていた。その気持ちが伝わったのか、上司は困惑した様子で受け入れた。

『わ、わかったから、火曜日は必ず出勤しろよ』

これまで聞いたことのない猫撫で声だった。

こちらが覚悟を決めれば、普段は口うるさい上司でも動揺するらしい。これまで従ってきた上司が、急にちっぽけな人間に感じられた。

直紀は返事をすることなく電話を切った。

邪魔をされたくないので、すぐに電源も落とした。

火曜日に出勤できるとは限らない。明日の祭りで選ばれれば、智美を抱くことになるのだ。そうなったら、明日中に帰京することはできないだろう。それどころか、しばらく村に滞在するかもしれない。とにかく、今は仕事のことを考えている余裕がなかった。

もう一度、智美と向き合わなければ、この村を離れることなどできなかった。

2

直紀は再び矢島屋に戻った。

由里子はまったく驚いた様子もなく迎えてくれた。

直紀が帰京することを麻美に告げたのは、おそらく由里子だろう。だが、今さらそんなことは気にしない。なにしろ村民のほとんどが顔見知りだ。この村にはプライバシーなど存在しなかった。

祭りで勝ち抜くことがなにより重要だ。智美を手に入れるには、絶対に負けるわけにはいかなかった。

まずは昼食を摂って、少し昼寝をした。そして、ゆっくり温泉に浸かり、汗をたくさん流して疲れを取った。

晩ご飯も由里子の手料理だ。珍しく肉料理だった。彼女はなにも言わなかったが、直紀を応援してくれているのではないか。その気持ちがなにより嬉しかった。

夜は早めに横になり、たっぷり睡眠を取って明日に備えた。


一夜明けると、村は濃い霧に包まれていた。

孕み祭りは神社で開催される。夕方までゆっくり過ごして体力を温存すると、いよいよ神社に向けて出発した。

(すごい霧だな……)

今日が一年でもっとも霧が濃い日だと聞いていたが、想像以上だった。夜のうちに音もなく山からおりてきた谷霧が、すべての物を覆いつくしていた。

　これなら、まだ日が残っている夕方に祭りが行われるのもわかる気がする。なにしろ、自分の足もとすら見えないほど真っ白だ。夜ではなく、霧をより強く感じられる日中のほうが、かえって雰囲気が出る気がした。

　村全体が幻想的で、なにやら妖しい空気が漂っている。霧で姿は見えなくても、村人たちが昂っている様子が伝わってきた。

　直紀は逸る気持ちを抑えて神社に向かった。

　さほど距離はないのに時間がかかる。霧を掻きわけて歩くような状態だ。とにかく視界が悪いので、慎重に歩を進めなければならなかった。

　森に入ると、いよいよ緊張感が高まってきた。

　霧のなかにたたずむ鳥居を潜った途端、胸にずんとくるものがあった。覚悟はできていたはずなのに、もう後戻りできないという恐怖にも似た感覚がこみあげた。

（ついに来たぞ）

　神社の本殿の前でいったん立ち止まった。

　ここで孕み祭りが開催される。心のなかで気合いを入れ直し、軋む階段を一歩いっぽ踏みしめるようにあがった。

引き戸の向こうから、異様な雰囲気が漂ってくる。もう大勢の人が集まっているようだ。

(よし、いくか)

緊張しながら引き戸を開ける。すると、甘ったるい匂いが濃厚に漂ってきた。

「うっ……」

嗅いだ瞬間、頭の芯がグラリと揺れる。強い目眩《めまい》を覚えて、思わず引き戸に寄りかかって体を支えた。

智美が調合していた媚薬の香りに間違いなかった。ただ匂いの強さは、前回の比ではない。本殿のなかに充満しており、普通に息を吸うだけで瞬く間に肺のなかを満たしていった。

ふらつきながら薄暗い本殿のなかに足を踏み入れて、後ろ手に引き戸を閉めた。

しばらくすると気分が落ち着いてくる。目眩が収まるのを待ち、あらためて本殿のなかに視線を巡らせた。

(こ、これは……)

目が暗さに慣れて、ようやく状況が把握できた。

周囲に蠟燭《ろうそく》が等間隔に立てられており、本殿のなかをぼんやり照らしている。百畳ほどの空間に、二十人ほどの男女が腰をおろしていた。

(祭りに参加する人たちか?)

男よりも女の割合のほうが多かった。女系の村なので、どうしても男は少なくなってしまうのだろう。服装に決まりはなく、ジーパンやスウェットの者もいれば、スーツや着物の者もいた。

奥の祭壇の前に智美の姿があった。

宮司の白い装束に烏帽子《えぼし》をかぶり、ぶ厚い座布団の上で正座をしている。笏《しゃく》を手にして、落ち着いた表情で参加者たちを見まわしていた。

(智美さん……)

心のなかで呼びかけると、その声が届いたらしい。彼女の瞳がこちらを向いて、視線がぴったり重なった。

ほんの一瞬、智美の目が見開かれる。だが、すぐに平静を装って、静かな表情に戻ってしまった。それでも、直紀の存在を意識したのは間違いない。きっと彼女も気になっているのだ。

(俺、必ず勝ち残ってみせます)

直紀はあらためて誓うと、他の参加者にならって畳の上に腰をおろした。

「みなさま、お集まりになったようですね」

しばらくすると、智美の厳粛な声が響き渡った。

この場にいる全員が彼女に注目している。この村において、やはり女宮司は特別な存在なのだろう。憧れの人を前にしたように、誰もがうっとり見つめている。なかには手を合わせて拝んでいる人までいた。

「それでは、これより孕み祭りを開催いたします」

智美が宣言すると、集まった人々の間に緊張が走った。

孕み祭りは子孫を残すことを目的とした神聖な儀式である。昔から男が少ない村なので、子宝に恵まれるように願ったことが起源らしい。毎年一回行われ、女宮司が認めた者だけが参加して、村の女たちに種付けをするのだという。

そのため、参加資格は二十代から三十代の健康な男女と決まっていた。もっとも多くの女を絶頂に導いた男が優勝者だ。宮司は媚薬を絶やさないように焚きつづけて、最終的に勝敗を決定する。すべては宮司の一存で決まるが、それだけに誰もが納得する判定をくださなければならなかった。

優勝者には女宮司を抱く権利が与えられる。そして、それはこの村の男にとって最大の栄誉なのだという。

「みなさまのご健闘をお祈りいたします」

智美は厳かな声で告げると、いったん言葉を切った。彼女が睫毛を伏せると、怖いくらいの沈黙が訪れた。

3

誰もが息を呑んで見守っていた。

鼓膜が痺れるほどの静寂がつづき、もう耐えられないと思ったそのときだった。いきなり、智美が両目をカッと大きく見開いた。

「これより孕み祭りを開始いたします」

高らかな声で宣言する。途端に本殿の空気が隅々までピーンと張りつめた。

参加者たちが周囲に視線を向ける。乱交しろと言われても、いざとなると躊躇してしまう。一番後ろに座っている直紀も、どうすればいいのかわからず他の参加者の様子をうかがった。

「あっ……」

そのとき、艶っぽい声が聞こえてきた。

祭壇の近くに座っていた女性が、畳の上に押し倒されている。隣にいた中年男が覆いかぶさり、セーター越しに乳房をまさぐっていた。

それを合図に、最前列にいた別の男が、隣の女性に襲いかかった。祭りに参加しているのだから、女性のほうも抵抗しない。そのまま倒れこみ、求められるままキスに応じて舌を絡め合わせた。

(はじまった……いよいよ、祭りがはじまったぞ)

直紀は圧倒されて動けなかった。

意気込んでここに来たが、この乱交の流れに乗ることができない。困惑して周囲を見まわした直後、頭がクラッとして畳に手をついた。

「うつ……」

先ほどよりも、ずっと強い目眩だった。同時に体が熱くなり、下腹部がむずむずしてきた。

「そろそろ媚薬が効いてきます。みなさんの性欲が高まっているはずです。本能に逆らわずに行動してください」

智美が煽るように声をかけてくる。確かに欲望が急速に膨れあがっており、理性の力が弱まっていた。

しかも媚薬の効果で興奮状態が持続して、いつもより長く性交できるという。すべては子作りのために考え出されたことだった。

「ああっ……」

最初に押し倒された女性は、三十前後だろうか。この場に相応しくない落ち着いた雰囲気を纏っていた。

「旦那さんに悪いと思わないのか？」

覆いかぶさった中年男が声をかける。どうやら、彼女は既婚者らしい。夫がある身でありながら、孕み祭りに参加していた。

「うちの人、体が弱いから……ああっ、早く」

「旦那さんも知ってるんだね。奥さんが祭りに参加してること」

「も、もちろんよ。自分ができないんだから、なにも言わないわ」

「じゃあ、たっぷり楽しもうか」

彼女はあっという間に服を剝ぎ取られて上半身裸になった。まったく抗うことなく、男に乳房を揉みしだかれて甘い声をあげはじめた。

「ああっ……はあああっ」

人妻が夫以外の男に身体をまさぐられて悦《よろこ》んでいる。その光景を直紀は唖然としながら眺めていた。

(す、すごい……)

夫ではなく他人の子を宿すつもりらしい。孕み祭りではそれが許されるのだから、やはりこの村の価値観は普通ではなかった。

ほかにもスカートのなかに手を入れられて喘いでいる女性がいる。黒いワンピースを身に着けて、熟れた女体をしきりにくねらせていた。

「夫を亡くして、初めてのお祭りなの……」

どうやら未亡人らしい。おそらく三十代後半だろう、腰まわりはたっぷりしているが匂い立つような色香が漂っている。乳房と尻は大きくて、離れた場所から見ていてもむちむちしていた。

「しばらくセックスしてなかったんですか？」

男は二十代前半だ。若いが痩せており、精力が強そうには見えなかった。それでも祭りに参加できるのだから、この村の男にしては健康なほうなのだろう。

「ああっ、そうよ。ずっとしてなかったの。うちの人、亡くなるずっと前から、できなくなってたから」

彼女は上擦った声で答えると、乳房の膨らみを男の腕に押しつけた。

「ねえ、おしゃぶりさせて」

男の股間をスラックスの上から撫でまわす。そして、ファスナーをおろすと屹立しているペニスを剥き出しにした。

「いいですよ。舐めてください」

「ああっ、おいしそう」

未亡人は溜め息混じりにつぶやき、いきなり亀頭を咥えこんだ。舌を使っているのか、クチュッ、ニチュッという湿った音が響き渡った。

(あんなことまで……)

直紀は呆気に取られて見つめていた。

人妻も未亡人も、淑《しと》やかで大人しい感じだった。二人とも普段は物静かなのではないか。少なくとも、自ら乱交に参加するタイプとは思えない。それなのに、彼女たちは明らかに昂っていた。

直紀は一番後ろから眺めているので、他の人々もどんどん興奮していく様子が手に取るようにわかった。

(これが、媚薬の力なのか?)

媚薬は祭壇で焚かれているため、前方に座っている者たちから効果が出ているらしい。最後尾の直紀も血が滾ってきたということは、ほぼ全員が興奮状態にあるということだ。

すでに、あちこちで男と女が絡み合っている。女性のほうが圧倒的に多いので、ひとりの男が数人から迫られているケースがいくつもあった。

(俺はどうすれば……)

圧倒されながらも乗り遅れてはいけないと思ったとき、両サイドから誰かが近づいてくる気配を感じた。

「向井さま……」

ふいに声をかけられて横を見やった。すると、すぐそこに着物姿の由里子が横座りしていた。

「お、女将さん……ど、どうしてここに？」

まさかここで由里子に会うとは思わなかった。反射的に問いかけると、彼女は目を細めて唇の端をわずかに持ちあげた。

「ふふっ……わたしも参加してるんです」

どこか気怠げな口調は媚薬が効いている証拠だろう。いつもはきっちり着付けている着物も、襟《えり》もとが緩んでいる。鎖骨がちらりと覗いており、色香がむんむん溢れていた。

「女将さんも、孕み祭りに？」

「わたしが出たら、いけませんか？」

由里子はとろんと潤んだ瞳で、じっとり見つめてきた。

「い、いえ、でも……」

彼女が参加することなど、まったく予想していなかった。

由里子には出稼ぎ中の夫がいる。夫との間に子供はいないが、諦めるには早すぎるのではないか。

「じつは毎年参加してるんです。でも、なかなか子宝に恵まれなくて」

「ま、毎年……」

思わず絶句した。それ以上なにを言えばいいのかわからない。夫との夜の生活は遠ざかっていても、年に一度は祭りで他の男に抱かれていたことになる。清楚に見える彼女の意外な姿だった。

「今日は元気ですよね」

由里子に流し目を送られてはっとする。直紀を応援して、昨晩は肉料理を出してくれたと思っていた。だが、それは彼女自身のためだったのではないか。子供ができれば、相手は誰でも構わないと思っているのかもしれない。この村の者ではない直紀には、理解できないものがあった。

「ねえ、直紀」

反対側から愛らしい声が聞こえてきた。まさかと思いながら視線を向けると、四つん這いになった咲良が這い寄ってくるところだった。

「さ、咲良ちゃん？」

ぴったりした黄色いショートパンツに、襟ぐりが大きく開いたタンクトップという挑発的な格好だ。獣のポーズを取っているため尻はパンパンに張りつめており、襟もとから乳房の谷間が覗いていた。

「ふふふっ……」

悪戯《いたずら》っぽい笑みを浮かべると、咲良はさらに近づいてくる。そして、唖然としている直紀の腕に頬擦りをした。

「まさか……咲良ちゃんも？」

「わたしは初参加だよ」

ポニーテイルを揺らして元気に答えるが、瞳はしっとり濡れている。やはり、媚薬の効果が出ているらしく、突き出したヒップを左右に揺らしていた。

「いっぱい楽しいことしようね」

咲良に迫られて返答に窮してしまう。ついこの間までヴァージンだった彼女まで参加するとは意外だった。

「ま、まだ二十歳だよね。祭りなんか出なくても、出会いはいくらでも……」

「この村にいたら出会いなんてないよ。わかってるでしょ。それに、やっと二十歳になったんだから、やっぱり出たいよ。これで大人の仲間入り……」

この村に生まれたからには、孕み祭りに参加したいものらしい。二十歳になって祭りに出ることが、大人になった証《あかし》だという。

「そ、そうなんだ……うっ」

咲良がジーパンの上から股間に触れてきた。それだけで快感がひろがり、腰に小刻みな震えが走った。

「わあっ、もうこんなに大きくなってる」

「ちょ、ちょっと……ううっ」

直紀の声を無視して、彼女の細い指が布地越しに太幹を掴んできた。薄々気づいていたが、すでにペニスは完全に芯を通している。棍棒のように硬くなり、ジーパンのぶ厚い生地を押しあげていた。

「カチカチだよ、直紀のここ」

咲良が声を弾ませて肉竿を擦りあげてくる。ゆったりとした手つきで、さも愛《いと》おしげに撫でまわしてきた。

「くぅっ……さ、咲良ちゃん？」

処女を卒業したばかりなのに、すっかり積極的になっている。これも媚薬の効果なのか、ときおり漏らす吐息が艶《なま》めかしい。ついつい身をまかせたくなり、直紀は全身から力を抜いていった。

「もう、わたしのことも忘れないでくださいね」

反対側からは由里子が迫ってくる。耳もとで囁いてきたかと思うと、息をそっと吹きこまれた。

「ううっ……」

背筋がゾクッとする快感が突き抜ける。無意識のうちに肩をすくめると、左右から絡みついている咲良と由里子が楽しげに笑った。

「気持ちよくなってきた？」

「それなら、もっと触ってあげますね」

咲良が嬉しそうにベルトを緩めていく。由里子もジーパンに手をかけてボタンを外すと、ファスナーをおろしはじめた。

「あ、あの……」

困惑して二人に声をかけるが、肩を軽く押されて仰向けになってしまう。そのタイミングでジーパンが引きさげられて、あっという間につま先から抜き取られた。

「わっ……す、すみません」

前が膨らんだボクサーブリーフが露わになり、とっさに両手で覆い隠す。だが、その手を摑まれて、股間から引き剝がされてしまった。

「なんで隠すの？」

「ちゃんと見せてください」

咲良と由里子が同時に声をかけてくる。グレーのボクサーブリーフは大きなテントを張っており、頂点部分には黒っぽい染みがひろがっていた。

「ああンっ、いやらしい匂いがするぅ」

顔を近づけた咲良がはしゃいだ声をあげる。

我慢汁の生臭い匂いが漂っているが、彼女は躊躇することなくボクサーブリーフも引きおろした。途端に屹立したペニスが跳ねあがり、亀頭に付着していた透明な汁が飛び散った。

「ああっ、素敵です」

由里子がうっとりした表情で告げると、すぐさま亀頭にしゃぶりついてきた。いきなりペニスを口に含み、舌をヌルヌルと這いまわらせてくる。我慢汁がたっぷり付着していたのに、構うことなく吸茎してきた。

「あふっ、はむンンっ」

「くううッ、そ、そんな……」

凄まじい快感に襲われて、全身の筋肉が硬直する。両脚がつま先まで伸びきって、両手の爪を畳に食いこませた。

「あっ、由里子さん、ずるいです」

咲良は不服そうな声を漏らすと、直紀のシャツのボタンを外して前を開く。なにをするのかと思えば、いきなり乳首に吸いついてきた。

「こっちも気持ちよくしてあげるね」

「そ、そこは……くおおッ」

舌を這わされて、乳首が瞬く間に膨れあがる。充血して硬くなったところを甘噛みされると、全身がヒクつくほどの快感電流が駆け巡った。

「ピクピクしてるよ。そんなにいいの？」

「うおッ、ど、同時になんて……」

男根をしゃぶられながら、さらに乳首も舌で転がされる。二カ所を同時に愛撫されて、早くも先走り液がとまらなくなった。

（こ、これが……孕み祭り）

二人の女性から愛撫を施されるなど、めったに経験できるものではない。しかも、彼女たちは媚薬の効果で、以前に身体を重ねたときより淫らになっていた。淫猥《いんわい》すぎる祭りの洗礼に、直紀はすっかり翻弄《ほんろう》されていた。

由里子はペニスを咥えこんで、ゆったり首を振っている。鉄のように硬くなった太幹の表面を、柔らかい唇でヌルヌルと擦りあげていた。

咲良は左右の乳首を交互に舐めては、舌をやさしく這わせてくる。かと思えば、不意を突くように甘噛みしてきた。そのたびに直紀は低い呻き声をあげて、全身を悶えさせた。

「すごく硬くなってます。向井さまのここ」

「乳首も硬くなってるよ。これが気持ちいいんだね」

二人は囁きながら、延々と愛撫を施してくれる。夢のような体験で、直紀のペニスはかつてないほどそそり勃《た》っていた。

（こ、これは現実なのか……）

快楽に流されながら、周囲に視線を向けていく。すると、祭壇のすぐ前で、先ほどの人妻が全裸に剝かれて正常位で貫かれていた。

「あああッ！」

彼女の甲高《かんだか》い嬌声が響き渡った。

懸命に腰を振っているのは中年男だ。ペニスを叩きこむたび、人妻がくびれた腰をくねらせた。

「おううッ、奥さんのなか、気持ちいいですよ」

「あッ、あッ、わたしも、ああッ」

人妻の喘ぎ声が本殿の冷たい空気を震わせる。黒髪を振り乱して悶える姿が、蠟燭の明かりに照らされていた。突かれるたびに、たっぷりした乳房が大きく揺れる。さらなる抽送を求めて、男の顔を見つめる表情が卑猥だった。

（セックスしてる……本当にしてるんだ）

大勢の人がいるというのに、人妻は快楽に没頭している。中年男のピストンに合わせて、下から股間をしゃくりあげていた。

「来て、もっと……はあああッ！」

そのとき、別の喘ぎ声が聞こえてはっとする。慌てて視線を向けると、未亡人が黒いワンピースの裾をたくしあげられ、尻を丸出しにして四つん這いになっていた。

「あンっ、もっと、ああンっ、もっとぉっ」

大きな双臀を揺らして、若い男のピストンを受けとめている。もはや恥も外聞もなく、たまらなそうに喘いでいた。

「おおッ、いいっ、も、もうすぐ」

男は呻きながらも懸命に腰を振っている。未亡人の膣がよほど締まるのか、早くも発射のときが迫っている様子だった。

「ああンっ、奥にいっぱいちょうだい」

「は、はい……くううッ」

未亡人が振り返って声をかける。すると、若い男は気合いを入れて、腰の動きをますます速めていった。

他の場所でも大勢の男女が絡み合っている。まさに乱交状態で、あちらこちらから女の喘ぎ声と男の呻き声が聞こえてきた。

（ここで、勝ち抜かないと……）

智美は祭壇の前に置かれた座布団に座り、乱交の様子を眺めている。彼女の相手に選ばれるためには、このなかで一番精力が強いとアピールする必要があった。

（やるしかない……）

受身のままでは目立てない。直紀は意を決して挿入したい旨を伝えると、咲良と由里子は身体を起こして服を脱ぎ捨てた。

「では、最初はわたしから……失礼いたします」

直紀が起きあがる前に、由里子が股間にまたがってくる。そして、いきなり騎乗位で繋がってきた。

「ま、待って……ぬおおッ！」

濃厚なフェラチオで硬直した男根が、由里子の女壺に呑みこまれる。トロトロに濡れそぼった媚肉が、唾液にまみれたペニスを瞬く間に覆いつくしていた。

「ああッ、か、硬い……硬くて大きいです」

由里子が歓喜の声を響かせる。直紀は突然の快感に困惑して、暴発を耐えるのに必死だった。

自分が上になり、ガンガン腰を振るつもりでいた。そうやって智美の前でアピールする計画だったが、いきなり騎乗位で挿入されてしまった。

「わたしも、気持ちよくなりたいよぉ」

咲良が拗ねたような声でつぶやき、直紀の顔をまたいできた。由里子と向き合う形の顔面騎乗だった。

「うおっ、ちょ、ちょっと、うむむっ」

彼女の股間が迫ってきたかと思うと、処女を喪失したばかりのミルキーピンクの陰唇が口に密着した。すでにたっぷりの愛蜜で濡れており、触れた途端にヌチャッという音が響き渡る。柔らかくほぐれた肉唇は、蕩《とろ》けそうなほど潤んでいた。

「あンンっ、直紀の口が当たってるぅ」

咲良が甘い声をあげて、腰をぶるるっと震わせる。敏感な割れ目に唇が触れただけで、早くも昇りつめそうなほど感じていた。

「はあンっ、動いていいですか？」

由里子が尋ねてくるが、直紀は顔面騎乗されているので答えられない。口を動かしても声にならず、咲良を悦ばせる結果にしかならなかった。

「ああっ、感じちゃうよぉ」

「わたしも我慢できないです。いきますよ……ああンっ」

股間と顔にまたがった二人が、同時に腰を振りはじめる。由里子の蜜壺でペニスをしごかれて、咲良の陰唇が口に押しつけられていた。

「うむううっ」

快感が膨れあがり、「ちょっと待って」と言いたくても呻き声になってしまう。直紀の意思に関係なく、二人は欲望にまかせて腰を振りまくる。由里子は膝を立てて腰を上下させて、咲良は陰唇を擦りつけるように前後に揺らしていた。

「あっ……あっ……奥まで届いてます」

「はああンっ、直紀の唇、気持ちいい」

計画とは違っているが、二人が感じているのは事実だった。

(ようし、もうこうなったら……)

股間にはかつてないほど力が漲《みなぎ》っている。異様な興奮状態で、直紀も我慢できなくなっていた。

「ううッ、うううッ」

真下から股間を突きあげて、剛根で由里子の女壺を突きまくる。同時に舌を伸ばすと、咲良の女陰に這わせていった。

「ああッ、ああッ、そ、そんなに……あああッ」

「はああッ、そ、それ、ダメぇっ」

二人の喘ぎ声が大きくなる。気づいたときには、股間も口も愛蜜でドロドロになっていた。彼女たちも腰を振るので、快感は瞬く間に膨れあがった。

(こ、これは……うううッ)

なにしろ、昂った二人の女性を一度に相手しているのだ。愉悦は二倍どころか三倍にも四倍にもなっていた。

「も、もう、あああッ、もうダメですっ」

最初に音《ね》をあげたのは由里子だ。膣でペニスを締めつけて、女体にアクメの痙攣を走らせた。

「はああッ、イ、イクっ、あああッ、イクうううッ!」

あられもない声が聞こえると同時に、無数の膣襞が肉胴に絡みつく。女壺全体が蠕《ぜん》動《どう》するように蠢き、男根を思いきり絞りあげてきた。

「うむううううッ！」

凄まじい快感だった。濡れ襞がザワめき、カリの裏側にまで入りこんできた。

（で、出るっ、出る出るっ、ぬおおおおおおッ！）

由里子のアクメに引きずられて、直紀もたまらず股間を突きあげた。

膣の奥深くで男根が暴れまわり、大量のザーメンが間歇泉《かんけつせん》のように噴出する。勢いよく飛び出した白濁液は、女将の奥深くまで到達した。

「あううッ、い、いいっ、また、あぁあああああああッ！」

膣奥に飛沫《しぶき》を受けて、由里子は二度目のオルガスムスに昇りつめていく。男根をすべて呑みこんだまま、腰をしつこく振りまくった。

「ああッ、わ、わたしも……ああッ、ああッ」

咲良も上擦った声を漏らして、腰の動きを加速させる。直紀は舌を伸ばすと、膣のなかに沈みこませた。

「ヒンンッ、い、いいっ、あああッ、イクっ、イッちゃううううッ！」

女体がビクッと反応して、瞬間的に膣口が収縮する。咲良は直紀の舌を締めつけながら、絶頂の彼方へと達していた。

昇りつめた二人は直紀の上からおりると、それぞれ両側で横たわった。

由里子はペニスでのアクメで満足したらしい。睫毛を伏せて、ハアハアと荒い呼吸を繰り返していた。

だが、咲良はまだ物足りないようだ。添い寝をしながら手を伸ばしてくると、肉胴に指を巻きつけてゆるゆるとしごきはじめた。

「ねえ、まだできるでしょ」

「うっ……す、すぐは無理だよ」

発射した直後にいじられるのはくすぐったい。思わず身をよじるが、彼女は手を離そうとしなかった。

「でも、まだ硬いままだよ」

「な、なに言って……えっ」

自分の股間を見おろして、思わず目を見開いた。

大量に射精したばかりなのに、なぜか肉棒は勃起したままだ。それどころか、さらに野太く成長しているように見える。まったく力を失うことなく、隆々とそびえ勃っていた。

（こ……これは？）

この異常な持続力も媚薬の効果なのかもしれない。これなら休憩を挟まなくても、連続で挿入できそうだ。気力もまったく萎えていない。いや、むしろますます興奮して、我慢汁が溢れ出していた。

本殿のなかには媚薬の甘ったるい香りが漂っている。先ほどより濃厚になり、頭の芯が痺れたようになっていた。

周囲でも喘ぎ声が響いている。視線を巡らせれば、蠟燭に照らされるなか、肌色の肉体がいくつも蠢いていた。祭りは盛りあがる一方だ。誰もが本能にまかせて腰を振っていた。

「すごく硬いよ。これでわたしの初めてを奪ったんだよね」

咲良が誘うような瞳を向けてくる。亀頭を手のひらで包みこみ、我慢汁を塗り伸ばしてヌルヌルと擦ってきた。

「ううっ……咲良ちゃん」

理性が頭の片隅に追いやられ、本能がすべてを支配していく。

直紀は彼女の身体に覆いかぶさり、脚の間に入りこんだ。そして、膨張したままの亀頭を、いきなり割れ目に押し当てた。

「あンっ……挿《い》れてくれるの？」

「これが欲しいんだね……ふんんっ」

発情しているのは咲良だけではない。直紀自身も挿入したくて仕方なかった。

彼女の足首を両手で摑み、大きく開脚させた状態で挿入していく。咲良は極端に陰毛が薄いため、こうしていると嵌っていく様子がよく見えた。新鮮な女陰が目いっぱいひろがり、亀頭がずっぷり沈みこんだ。

「はううッ！」

女体が大きく反り返って、膣口が反射的に収縮する。カリ首が締めあげられたことで、直紀の股間にも快感が走り抜けた。

「うむっ……こ、これは」

額に汗を滲ませながら、さらに太幹を前進させる。亀頭が埋没するほどに、膣襞がザワめいて絡みつく。内側から透明な汁が大量に溢れて、結合部分はぐっしょり濡れそぼった。

「あぁッ……き、気持ちいいっ」

咲良が眉を八の字に歪めて見あげてくる。小ぶりな乳房が興奮のためか張りつめており、乳首も硬く尖り勃っていた。

処女を失って間もないのに、彼女はしっかり感じている。媚薬が効いているためか、太幹を挿入しても痛みを訴えることはなかった。

「どんどんいくよ……そらっ！」

亀頭はゆっくり挿入したが、竿の部分は一気に埋めこんだ。カリで膣壁を擦り、亀頭の先端で子宮口を強く叩いた。

「あああッ！」

咲良の唇から喘ぎ声が迸《ほとばし》る。両脚を直紀の腰に絡みつけたかと思うと、自らグイッと引きつけた。

「はああッ、す、すごいよぉっ」

「こ、こんなに奥まで……大丈夫？」

さすがに心配になって声をかける。すでに股間は密着しているのに、さらに強く押しつける結果となっていた。

「あうッ……あううッ」

ペニスの先端が最深部を圧迫している。咲良は呻き声を漏らして、女体を小刻みに震わせていた。

「さ、咲良ちゃん……こんなに挿れたら……ううッ」

直紀の口からも低い呻き声が溢れ出した。

抽送しなくても、凄まじい快感がこみあげる。肉胴部分を狭い膣襞でマッサージされるのはもちろん、亀頭を子宮口で吸われるような感覚がたまらない。早くも射精欲が高まり、腰を動かさずにはいられなかった。

「う、動くよ……くおおおッ」

彼女の返事を待たずにピストンを開始する。握っていた足首を持ちあげて、女体を二つ折りするように押さえつけた。咲良のヒップが畳から浮きあがり、股間が真上に向いた状態だ。

「ああっ、こんなの恥ずかしいよ」

訴えてくる声を無視して、直紀は力強くペニスを打ちおろした。

「おおおッ、おおおッ」

「あッ……あッ……いい、これいいっ」

咲良はすぐに喘ぎ声を振りまき、膣で男根を締めつける。上から押さえつけているのでほとんど身動きできないが、それでも腰を右に左にくねらせた。

「ううッ、締まる……締まってるぞっ」

「だ、だって、ああッ、あああッ」

膣壁がザワつき、太幹を締めあげてくる。アクメの波が押し寄せているのか、華蜜の分泌量が一気に増えた。

「はあああッ、も、もう……あああッ、もうダメぇっ」

蜜壺がウネウネと波打ち、ますますピストンが加速する。彼女が感じてくれるから、直紀は掘削機のように全力でペニスを打ちこんだ。

「ああッ、わたし、もうイッちゃう、あああッ、イクッ、イクううッ！」

咲良にアクメの大波が押し寄せる。彼女は二つ折りの身体を痙攣させて、絶頂の声を響かせた。

「くうううッ、こ、これは……ぬおおおおッ！」

凄まじい蜜壺の反応に抗えない。直紀も快楽に呑みこまれて、野太い呻き声を轟かせた。奥深くに埋めこんだペニスが暴れまわり、またしても白濁液が勢いよく噴きあがった。

咲良の痙攣が収まると、直紀はペニスを引き抜いた。膣口から泡立ったザーメンが逆流する。その直後、咲良は四肢を投げ出して、半ば失神したような状態で倒れこんだ。

「ううっ……」

直紀は膝立ちの姿勢で低く唸った。

今度こそすべてを吐き出した。そう思ったのだが、まだペニスは硬度を保ったままだった。

本殿のなかを見まわすと、先ほどとは様子が変わっていた。

男たちは体力が尽きかけており、倒れている者がほとんどだった。媚薬の力を借りても、もともと精力が弱いので限界があるらしい。だが、まだ満足していない女たちが、残っている男に群がっていた。

祭壇の前を見やると、智美の姿があった。

座布団の上で正座をして、静かな表情で全体を見渡している。彼女の瞳に、直紀の姿はどう映っているのだろう。

(俺は……智美さんを……)

彼女を自分のものにしたい。どうしても愛する人とひとつになりたい。今の直紀を突き動かしているのは、その一念だけだった。

ペニスはまだ萎えていない。萎える気がしなかった。媚薬の効果なのか、それとも想いが強いからなのか。

とにかく、男根は青筋を浮かべて屹立している。己の信念を示すように、堂々とそそり勃っていた。

二人の女が、こちらに向かって這い寄ってくる。直紀のいきり勃ったペニスに気づいたらしい。彼女たちは媚薬を吸ったことで、欲望が限界まで膨れあがっている。より強くて逞しい牡を欲していた。

(やってやる……必ず勝ち残ってやる)

直紀はふらりと立ちあがった。

両足をしっかり畳につけて仁王立ちする。そして、まっすぐ智美を見据えて、目を離さなかった。

智美もこちらに視線を向けている。表情こそ落ち着いているが、瞳の奥が微かに揺れた気がした。

(待っててください……智美さん)

自分の胸に強く誓ったとき、ペニスに甘い刺激が走った。這い寄ってきた女のひとりが、ペニスを口に咥えていた。

「あンっ、おいしい、あふンっ」

直紀と同年代だろうか、ミディアムヘアで整った顔立ちの女性だった。いきなり首を振りたてて、さもうまそうに男根をねぶりはじめた。

「ずるいわ、あなただけ……じゃあ、わたしは……はむううっ」

もうひとりの人妻風の女が不服そうにつぶやくと、直紀の背後にまわりこんで臀裂に顔を埋めてくる。そして、尻の穴にむしゃぶりついてきた。

「くううッ、そ、そんなところまで……」

肛門に舌をねじこまれて、ペニスがますます硬くなった。

周囲では男たちが次々と伸びていく。それでも女たちは離れず、萎えた男根をしゃぶりつづけていた。

直紀以外の男は、あと三人ほどいた。ただ、そのうちの二人はもう体力がつきそうに見えた。しばらくしたら脱落するだろう。しかし、頭が薄くて腹の出た中年男は元気そうだった。まだペニスをそそり勃たせて女たちにしゃぶらせていた。

どうやら、最後はあの男と争うことになるだろう。

相手は脂《あぶら》ぎった中年男で、痩せ細った男が多いこの村では珍しいタイプだ。もしかしたら、直紀のように外部から来た男かもしれない。いずれにせよ、なんとしてもあの男を倒さなければならなかった。

(負けてたまるか)

奥歯を食い縛り、強く拳を握りしめた。

中年男のほうも直紀のことを意識しているようだ。二人の女を目の前に寝かせると、そのうちのひとりに覆いかぶさった。

「そらっ!」

「ああァッ、来てぇっ」

貫かれた若い女が、乳房を揺すりながら嬌声を振りまいた。

男も女も媚薬の効果で感じやすくなっている。中年男がピストンすれば、若い女は瞬く間に昇りはじめた。

「あッ、あッ、そ、そこ、ああッ」

「ここか？　ここがいいのか？」

男は経験が豊富らしく、年季の入ったねちっこい腰使いで女を喘がせている。強弱をつけた抽送で、女を激しく追いこんでいた。

「ああッ、もうダメっ、はあああッ、イクッ、イクイクぅうッ！」

あっという間に若い女をイカせると、中年男は隣で股をひろげて待っている女に挑みかかった。

「ようし、次はおまえだ。結婚してるのか？」

「は、はい……夫がいます」

女は脚をひろげたまま、消え入りそうな声で答えた。

「そうか、じゃあ旦那の代わりにやってやる」

「お願いします、たくさんイカせてください」

彼女はか細い声で懇願すると、夫以外のペニスを求めて腰をくねらせる。早く貫かれたくてたまらないらしい。すると、中年男がニヤリと笑って、人妻の膣に男根を埋めこんでいった。

「おまえが欲しかったのはこれだろ」

「はああッ、こ、これ、これが欲しかったんです」

「いやらしい女だ。そらそらっ」

「ああッ、そ、そこです、あああッ」

女はすぐに喘いで、女体をヒクつかせた。男の腰の動きに合わせて、声がどんどん上擦っていった。

（くっ……なかなかやるな）

直紀は心のなかで気合いを入れ直した。

おそらく、テクニックでは中年男のほうが上だろう。だが、直紀には若さと、なにより智美への強い想いがある。

（俺はまだいける……いけるぞ）

ペニスとアヌスをしゃぶられて、ますます欲望は膨らんでいる。絶対に負けるわけにはいかなかった。

「二人とも、お尻をこっちに向けて」

直紀は智美に見せつけるつもりで、自分にまとわりついていた二人の女を四つん這いにして並ばせた。

「たっぷり突きまくってやるから、尻を高くあげるんだ」

興奮にまかせて乱暴な口調で告げると、発情している女たちは素直に従った。

まずは若い女の張りのあるヒップを抱えこむ。屹立したペニスの切っ先を膣口にあてがい、ひと息に根元まで挿入した。

「あああッ、い、いいっ！」

彼女は甲高い声をあげて、女体を大きく仰け反らせる。挿れただけで軽い絶頂に達したらしい。だが、直紀は休むことなく、全力のピストンを繰り出した。あの中年男より、自分のほうが優れているとアピールしなければならなかった。

「おおおおッ！」

「ああッ、つ、強いっ、あああッ」

膣が猛烈に締まり、再び彼女が昇りはじめる。グイグイと抉《えぐ》るように膣奥にめりこませれば、よがり泣きがとまらなくなった。

「はああッ、あああッ、いいっ、いいっ」

媚薬の効果もあるのだろう。瞬く間に彼女はアクメの波に呑みこまれた。

「はあああッ、イ、イクっ、イキますううッ！」

あっさり二度目の絶頂に達して、女体から力が抜けていく。

ペニスを引き抜くと、四つん這いの裸体がどっと崩れ落ちた。どうやら失神したらしい。張りのある尻肉だけが、ヒクヒクと痙攣していた。

「次はわたしに……お願いします」

隣で待っていた人妻が、尻を振って催促する。自分もイキたくてたまらないのだろう、女陰から透明な愛蜜を滴らせていた。

「じゃあ、挿れるよ……ふんんっ！」

「はあああッ！」

今さら前戯など必要ない。男根をあてがうなり、強烈な一撃をくれてやる。思いきり叩きこむと、彼女は本殿中に響くよがり泣きを振りまいた。

「い、いいっ、あああッ、いいのぉっ」

それを耳にした他の女たちが、いっせいに振り返った。

バックで挿入されて悶える人妻を見て、我先にと這い寄ってくる。そして、順番待ちをするように、人妻の隣で四つん這いになって尻を高く掲げた。

人妻が果てると、直紀はすかさず隣で尻を振っている女にペニスをねじこんだ。

いったい何人を相手にすればいいのだろう。だが、優勝するためには、やってやってやりまくるしかない。どんなことがあろうと、自分だけは最後まで立っているつもりだった。

とにかく、無心で腰を振りつづけた。

「イ、イクッ……」

今まぐわっている女が喜悦の声をあげはじめる。

彼女が絶頂すると、直紀は休むことなく次の女に挿入した。そこに女穴があるから挿れるといった感じだった。

さすがに頭が朦朧《もうろう》として、体力が底を突きかけている。もう自分がなにをしているのかさえわからなかった。

突然、ドーンッという太鼓の音が響き渡った。

我に返って周囲を見まわすと、男たちは全員倒れこんでいた。あの中年男も大の字になっている。精力を使い果たしたのだろう、股の間に萎えたペニスがぶらさがっていた。

女たちもほとんど倒れており、体力が残っている者はひとりもいなかった。

（ど……どうなってるんだ？）

女たちをバックから犯しまくり、何人も何人も絶頂に導いた。だが、途中から頭が真っ白になって、わけがわからない状態だった。

「これにて孕み祭りを終了いたします」

智美の穏やかな声が耳に流れこみ、鼓膜をやさしく振動させた。

開始からどれほど時間が経っているのだろう。淫らすぎる過酷な戦いは、ようやく終焉のときを迎えた。

（終わった……やっと……）

全身から力が抜けて、畳の上にへたりこんだ。

虚《うつ》ろな目を祭壇に向けていく。すると、白い装束を身に着けた智美が、すっと立ちあがった。

蠟燭のぼんやりした光が、女宮司の姿を照らしていた。

意識のある者たちが、智美の一挙手一投足に注目する。淫臭の入り混じった空気が、ますます張りつめていく。彼女の口から放たれる言葉を、誰もが息を呑んで待っていた。

「みなさん、お疲れさまでした」

いったん言葉を切ると、智美は本殿のなかに視線を巡らせる。労《ねぎら》うように一人ひとりの顔を見つめてから、ゆっくり足を踏み出した。

「裁定をくだします。今年の孕み祭りで選ばれた男性は――」

白い足袋が畳の上を静かに滑り、音もなく進んでくる。澄んだ瞳は、まっすぐ直紀に向けられていた。

「向井直紀さん、あなたです」

淡々と告げると、そっと手を差し出してくる。烏帽子をかぶった智美の姿が、神々《こうごう》しいまでに輝いて見えた。

(お、俺が……本当に……)

畳に座りこんでいた直紀は、信じられない思いで、震える手を伸ばしていった。

指先が触れた途端、智美が握りしめてくれる。彼女の温もりが伝わってきて、これは現実なのだと理解できた。

第五章　因習を越えて

1

直紀は智美に手を引かれて、祭壇の横から本殿の奥へと向かった。

襖を開けると三畳ほどの狭い部屋になっていた。ちょうど祭壇の裏あたりだ。こんな場所に部屋があるとは知らなかった。中央にひと組の布団が敷いてあり、周囲にはぐるりと蠟燭が並べられていた。

女宮司と孕み祭りの優勝者がまぐわうための部屋だった。

蠟燭の揺らめく光が、室内を照らしている。直紀と智美は、あらたまって布団の前で正座をした。

祭りの高揚感がまだ胸に残っている。だが、この部屋に祭りの参加者はいない。先ほどまでの喧騒が嘘のように、二人きりの静かな空間だった。

(ここで、今から……)

直紀の顔は緊張でひきつっていた。

なんとかリラックスしようと深呼吸を繰り返すが、張りつめた空気のなかで、ますます体が硬くなってしまう。

孕み祭りで優勝した者は、女宮司とまぐわう権利が与えられる。直紀は極限の戦いを制して、その権利を手に入れた。女宮司と関係を持てる男は、一年にたったひとりだけだった。

「もう一回、俺に抱かせてください……」

直紀は意を決して口を開いた。

今度こそ智美をイカせるつもりだ。そして、この胸の熱い想いを、なんとしても彼女に伝えたかった。

「それが、あなたに与えられた権利だもの」

智美は感情を抑えた声で語りかけてきた。

あくまでも女宮司として振る舞うつもりらしい。直紀は孕み祭りの優勝者だが、それ以上の特別扱いはしないということだろうか。

だからといって引くことはできない。彼女ともう一度勝負するため、孕み祭りに参加した。今度こそ、なんとしても勝たなければならなかった。

「そして、俺が智美さんをイカせることができたら、俺の言うことを聞いてくださ
い！」

胸のうちで燻《くすぶ》っていた思いをぶつけていく。

孕み祭りでの戦いは序章にすぎない。本当の勝負はここからだ。彼女を絶頂に追いあげるために、直紀は村に戻ってきたのだ。

しかし、すでに精力も体力も使い果たしていた。

過酷な孕み祭りを勝ち抜いたのだ。何回射精したのかもわからない。疲労が蓄積しており、男根はすっかり力を失っていた。そんな状態で、名器を持つ智美をイカせることができるだろうか。

「智美さん、もう一度あのときの勝負をしてください。そして、俺が勝ったら、言うことを聞くって約束してください」

強い口調で迫ると、智美も引くことなく見つめ返してきた。

「わかったわ。もう一度だけチャンスをあげる」

凛とした声だった。

祭りで勝ち抜いた直紀に敬意を表してくれたのだろうか。再勝負を受けてくれた。彼女も自信があるのだろう、決して視線を逸らそうとしない。蠟燭の炎が照らすなか、凪《な》いだ海のように穏やかな表情だった。

「でも、わたしが勝ったときは、今度こそ言うことを聞いてもらうわ」

「わかりました」

「わたしが勝ったら、もうわたしのことは忘れて、ひとりで東京に帰るのよ」

智美の瞳に力がこもる。直紀は一瞬気圧《けお》されそうになるが、それでも奥歯をぐっと食い縛って頷いた。

2

「じゃあ、はじめましょうか」

智美は正座をしたまま、にじり寄ってきた。

なにをするのかと思えば、直紀の肩に手をかけてくる。そして、布団の上に押し倒して仰向けにすると、脚の間に入りこんできた。

「な、なにを？」

彼女は質問に答えない。無言のまま萎えている男根の周囲に手を添えて、陰毛をそっと押さえつけた。

「ちょっ……と、智美さん？」

こちらから責めるつもりだったのに、いきなりペースを握られてしまった。智美は前屈みになると、股間に顔を寄せてきた。

「まさか……」

彼女の吐息が亀頭を撫でる。それでも、激戦を終えたばかりの男根は力なく垂れさがっていた。

「ちゃんとできるようにしてあげる」

蠟燭のゆらめく光が、濡れた瞳を照らしている。智美は烏帽子をかぶった女宮司の姿で、艶やかな唇を亀頭に触れさせた。

「ううっ……そ、そんなことしなくても」

直紀の声は聞き流されて、熱い吐息がペニスの先端を包みこんでくる。亀頭が彼女の口内に収まり、柔らかい口腔粘膜がぴったり密着してきた。

（ま、また、智美さんに咥えられている……）

まだ口に含んだだけだが、すぐさま心地よさがひろがった。

智美の唇がゆっくりスライドする。陰茎が根元まで口に含まれて、溜め息が漏れるほどの心地よさが押し寄せた。

「くううっ」

「あふっ……はむンっ」

舌を這わせながら、智美が肉棒の付け根を唇で締めあげる。亀頭にも舌が這いまわり、まるで飴玉のようにしゃぶられていた。ペニスはまだ柔らかいが、快感が走り抜けて思わず両脚に力が入った。

股間を見おろせば、智美が己の陰茎を口に含んでいる。ペニスをヌルヌルしゃぶられる快感は絶大だった。二度目ではあるが、憧れの智美にフェラチオをしてもらっている状況が今でも信じられない。

「大きくなってきたわ……あふンンっ」

「そ、そんなに……ううっ」

下腹部に血液が流れこみ、口内でねぶられている男根がむずむずしてきた。カリの内側にまで舌先が這いまわり、肉竿全体が唾液でコーティングされていく。しっとり包みこまれて、ペニスがだんだん熱を持ちはじめた。

舌先が亀頭の先端に移動する。敏感な尿道口をチロチロくすぐられて、力を失っていた陰茎がピクリと反応した。

「くうッ、そ、そこは……」

思わず腰をよじるが、彼女は咥えた男根を離さない。それどころか、ますます深く咥えこみ、根元を唇で締めつけてきた。

「はむンンっ」

「うおッ、つ、強い……おおッ」

ついにペニスが膨らみはじめる。散々射精したにもかかわらず、濃厚なフェラチオで欲情に再び火がつけられた。

「ンっ……ンっ……」

智美はすぐさま首を振り、唾液にまみれた肉竿を唇で擦ってくる。烏帽子をかぶった彼女の頭が、直紀の股間で揺れていた。

二人きりの部屋で、智美が念入りにペニスをしゃぶってくれている。ヌチャッ、ピチャッという湿った音だけが響いていた。

「うむっ、と、智美さん……」

「大きくなってきたわ」

いったんペニスから口を離すと、智美が様子をうかがうように見あげてくる。そうしている間も、ほっそりした指を野太く成長した胴体部分に巻きつけて、ゆったりしごきあげていた。

「あと少しね……はむンっ」

指で硬さを確かめると、智美は再び亀頭に唇をかぶせてくる。柔らかい唇をカリ首に密着させて、首を右に左にねじりながら振りたててきた。

「くッ……おううッ」

こらえきれない呻き声が溢れ出す。ヌルヌルと滑る感触がたまらず、腰が小刻みに震えはじめた。

（いける……いけるぞ）

直紀は思わず胸のうちで唸った。

己の股間を見おろせば、彼女の唇から逞しい肉竿が出入りしていた。鉄塔のごとく硬度を増した胴体部分には、太い血管が浮きあがっている。しかも彼女の唾液を浴びたことでヌラヌラと黒光りしていた。

「もう大丈夫です」

直紀が告げると、智美はフェラチオを中断する。そして、股間からゆっくり顔をあげた。

智美は静かに立ちあがると、宮司の装束を脱ぎはじめた。直紀が息を呑んで見つめるなか、長襦袢も肩からするりと落として彼女はついに裸体を晒した。

たっぷりとしてまろやかな乳房が露わになった。滑らかな曲線の頂には、肌の色に限りなく近い乳首が乗っていた。盛りあがった恥丘には、細くてさらさらした陰毛がそよいでいる。服は着ていないが、白い足袋は履いたままで、それが、かえっていやらしかった。

「今度は俺の番ですよ」

もう遠慮するつもりはない。直紀は彼女の手を取って引き寄せると、布団の上で仰向けに組み伏せた。

「約束、忘れないでね」

「智美さんのほうこそ、約束を守ってくださいよ」

正常位の体勢で覆いかぶさり、屹立したペニスの切っ先を淫裂に押し当てる。軽く触れただけでも、クチュッと湿った音が響き渡った。

「ンンっ」

智美の唇から小さな声が漏れて、顎が微かに跳ねあがる。もしかしたら、ペニスをしゃぶったことで興奮したのだろうか。股間を覗きこんでみると、サーモンピンクの陰唇が濡れ光っていた。

「いきますよ……ふんんっ」

剛根の切っ先を、女陰の狭間《はざま》に沈みこませる。巨大な亀頭が二枚の陰唇を押し開いて、いとも簡単にずっぷり繋がった。

「ああっ！」

智美の唇から艶めかしい声が迸る。

張り出したカリに合わせて、いったんはひろがった膣口が、すぐに収縮して肉胴を締めつけた。

「こ、これは……ううぅッ」

まだ先端だけだというのに、鮮烈な快感が湧きあがる。直紀は亀頭を挿《い》れたところで動きをとめた。

(くうッ、す、すごい)

額に玉の汗が浮かびあがった。

さっそく膣襞が絡みつき、亀頭の表面を這いまわる。カリ首は膣口で締めつけられており、瞬く間に快感がひろがっていた。先日も体験していたが、やはり智美の名器は絶品だった。

(でも、まだまだ……)

自分に言い聞かせながら、肉柱をじわじわ押しこんでいく。そして、ついに根元まで完全に繋がった。

「ああっ、お、大きい」

思わずといった感じで智美がつぶやいた。その言葉が刺激となり、直紀の快感もアップしてしまう。

（ま、また……智美さんと……）

こうして繋がっているだけでも、無上の悦びがこみあげてくる。過酷な戦いを勝ち抜いた結果だった。ようやく愛する人を手に入れた。もう二度とこの悦びを手離したくない。挿入しただけで満足している場合ではなかった。

「俺は、負けるわけには……くううッ」

今度こそ彼女をイカせなければならない。なんとしても先に達するわけにはいかなかった。だが、膣道が複雑にうねり、ありとあらゆる場所を締めあげてきた。

「くおおッ、か、絡みついてくる」

膣襞が蠢いて、男根が奥へと導かれる。途端に頭のなかが真っ白になり、反射的に腰を打ちつけていた。

「あああッ、強いっ」

亀頭が深い場所に到達して、智美が甲高い嬌声を響かせる。仰向けになった女体が仰け反り、豊かな乳房がタプンッと大きく弾んだ。

彼女は脚を大きく開いた状態で、両手を直紀の胸にあてがっていた。顎を微かにあげて、ハアハアと小刻みな呼吸を繰り返している。ペニスを突きこまれて感じているのだろう、平らな下腹部が艶めかしく波打っていた。

「お、俺が、智美さんを……」

奥歯を食い縛って腰を振りはじめる。だが、すぐに快楽の波が押し寄せてきた。

祭りで何度も射精しているが、智美とのセックスは別格だった。肉体はもちろん、心にも愉悦がひろがっている。ペニスが蕩けそうで、自然とピストンが速くなった。

「ううっ、こ、こんなに気持ちいいなんて」

「あっ……あっ……」

智美も喘いでいるが、まだ余裕がありそうだ。とはいっても、女壺は大量の華蜜を分泌して、うねうねと蠢いていた。

智美も媚薬を吸っているはずだ。祭りを見ながら、彼女も興奮していたのではないだろうか。

(智美さんだって感じてるんだ……耐えてみせる)

必死に腰を振り、男根で蜜壺を抉っていく。だが、彼女は喘ぐだけで、なかなか昇りつめる気配はなかった。

それならばと腰を振りながら、乳房を揉みあげる。柔肉を捏ねまわして、先端で揺れる乳首を摘みあげた。

「あぁッ！」

智美の唇が半開きになり、甘ったるい嬌声が迸った。

ところが、彼女はすぐに両手で口を覆ってこらえてしまう。智美は感じないように、懸命に耐えている様子だった。

（どうして、そこまで我慢するんだよ）

直紀は内心苛立《いらだ》ちを覚えながら、腰をガンガン振りたてた。

彼女が耐えようとするほど、拒絶されている気分になってしまう。こんなに想っているのに、どうして受け入れてくれないのだろう。不満をぶつけるようにペニスを突きこんだ。

「はンンッ！」

「くうッ、どうして……どうしてなんだ！」

カリで膣襞を削るつもりで、抽送速度をあげていく。結合部からは愛蜜の弾《はじ》ける音が響き渡っていた。

「あっ……ああっ」

女体は確実に反応している。智美もときおり喘ぐが、それを継続させることができない。彼女はイカないように必死に耐えていた。

「くうゥ……も、もう……」

いつしか、直紀のほうが追いつめられてしまう。

孕み祭りの過酷な戦いが、肉体に深いダメージを蓄積させていた。持久力がなくなっており、腰を振りつづけることができない。それに加えて、快楽に耐える忍耐力も削られていた。

「ううっ、す、すごい……」

膣がしっかり太幹を締めつけている。思わず唸ると、智美は仰向けの状態で腰をゆったりくねらせた。

「ああっ、直紀くん」

まだ彼女のほうが余裕があった。顔を火照らせて喘いでいるが、昇りつめるほどではない。股間をしゃくりあげたり、スローペースでまわしたり、男根を刺激してきた。

「わたしのなかで、すごく熱くなってる……ああンっ」

「こ、これは……くううッ」

ペニスが蕩けそうな愉悦に包まれる。女壺がヌルヌルと竿をしごきあげて、得も言われぬ快感がこみあげた。

「くッ、ま、待って……くおおッ」

先走り液がとまらなくなり、さらに滑りがよくなってしまう。直紀は女体に覆いかぶさったまま、彼女の腰の動きに合わせて呻いていた。

「あンっ、直紀くんの太いから……ああンっ」

直紀のことを責めながら、智美自身も感じている。うっとりした顔でつぶやき、腰をねちっこく回していた。

「くううッ、そんなにされたら……」

この調子だと前回のように先に追いあげられてしまう。なんとか耐え抜いて、逆転に転じなければならなかった。

（や、やばい、このままだと……）

この窮地を脱する方法を懸命に考えたが、まるで思い浮かばない。もはや直紀には為す術がなかった。

「くッ……くううッ」

押し寄せてくる快感をなんとか堪えようと、奥歯をぎりぎり食い縛る。だが、膣襞は休むことなくうねっていた。絶えず愉悦を生みだしており、直紀を一気に追いこんでいく。

「ぬううッ、そ、そんな……」

名器の感触は凄まじかった。我慢汁がドクドク溢れて、もういつ達してもおかしくない状態だ。

「い、いやだ……お、俺はまだ……イクわけにはいかないんだぁっ！」

絶対に負けられない。土俵際まで追いつめられながらも、直紀は涙まじりに叫んでいた。

「どうして、そんなにまで……」

智美がぴたりと腰の動きをとめた。そして、穏やかな口調で語りかけてくる。見あげてくる瞳には、まるで慈《いつく》しむような光が宿っていた。

「ううッ……」

快感の波が小さくなり、直紀はギリギリのところで踏みとどまった。

とはいえ、まだ安心はできない。ペニスは快感で痺れており、我慢汁が溢れつづけている。尻の筋肉に力を入れていないと、一気に暴発しそうな状態だった。

「こんなに耐えるなんて……どうして、そこまでするの？」

「そ、それは……ううぅッ」

動きをとめていても、快感が切迫している。もう、あまり持ちそうにない。ここまでがんばってきたが、もはや忍耐力は切れる寸前だった。

「直紀くん、教えて」

智美の言葉に背中を押されて、最後の力を振り絞る。懸命に射精欲をこらえながら口を開いた。

「と……智美さんのことが好きだからです！」

どうしても伝えたかったことを言葉にする。この熱い気持ちだけは、彼女に知ってほしかった。

「一度は東京に帰るつもりだったんです。でも、麻美さんが全部教えてくれました」

バス停まで麻美が来てくれなかったら、今ごろ直紀は東京のアパートで不貞寝《ふてね》をしていただろう。妹を思う麻美の気持ちに心を揺さぶられた。そして、智美の本心を知らされたことで、もう一度ぶつかってみようと思った。

「このまま帰ったら絶対に後悔する。智美さんを誰にも渡したくなくて、孕み祭りに参加することにしたんです」

熱く語りかけると、智美は小さく息を呑んだ。

「そんなこと言わないで……」

彼女の声が弱々しくなっている。瞳を見るみる潤ませて、首をゆるゆると左右に振った。

「直紀くん……」

智美は困惑した表情でつぶやいた。

「でも、やっぱり直紀くんは東京に帰ったほうがいいわ……村に残ったら、苦しめることになるから……」

孕み祭りは年に一度開催される。女宮司である智美は、毎年、優勝者の男に抱かれる決まりだった。

「お、俺が毎年参加して、毎年優勝すれば問題ないですよね？」

「そうだけど、ずっとは無理よ……いつか負けるときが来るわ」

智美は悲しげに睫毛を伏せた。

「わたしはこの村の宮司なの。この役目を投げ出すことはできないわ」

彼女には背負ったものがある。女宮司の家系に生まれた以上、逃れられない宿命だった。

「直紀くん、この村に残るつもりなの？」

「それは……」

はっきり聞かれると言葉に詰まってしまう。

孕み祭りで勝ち抜き、もう一度智美と向き合うことしか考えていなかった。その先のことは、じつはまだ決めかねていた。

智美のことは誰にも渡したくない。他の男に抱かせるわけにはいかなかった。だからといって、村に残るかどうかはまだわからない。それでも、来年も孕み祭りには参加するつもりだった。

「来年も必ず勝ちます」

「でも、直紀くんが負けたら……」

智美の声がどんどん小さくなっていく。どんな男でも、永遠に勝ちつづけることはできない。直紀もいつか負ける日が来るだろう。そのとき、智美は他の男に抱かれてしまうのだ。

「それでも、俺……」

なにがあっても彼女といっしょにいたい。いつか苦しい思いをすることになるとわかっていても、今のこの気持ちに嘘はなかった。

「智美さんのことが好きなんです」

彼女の瞳をまっすぐ見つめて、熱い想いを再び口にした。

「この先、なにがあっても、俺は……俺は智美さんのことが大好きです！」

正常位でペニスを深く挿入したまま、彼女の瞳をまっすぐ見つめる。緊張と羞恥で顔が熱くなるが、勢いにまかせてきっぱり言いきった。

「智美さん、俺とつき合ってください！」

まずは正式に交際することからはじめるつもりだ。

そして、いずれは結婚したかった。年に一度、彼女は女宮司として、孕み祭りの優勝者に抱かれなければならない。だが、それさえ我慢できれば、夫婦としてずっといっしょに生きていくことができるのだ。

「直紀くん……そんな……」

智美が目を大きく見開いた。そして、見るみる相貌を染めあげていった。

「答えを聞かせてください」

今すぐ気持ちを知りたい。直紀は強い口調で返答を迫った。

智美は視線を逸らしてもじもじするが、やがて意を決したように小さく頷いた。潤んだ瞳で見つめられて、直紀の胸は熱くなった。

「わたしも、直紀くんのことが……好き」

感情が昂ったのだろう、智美は涙で頬を濡らした。

(智美さんが、俺のことを好き……)

本人の口から初めてはっきり告げられたことで、直紀の気持ちは天高く舞いあがる。まるで夢の世界に迷いこんだように、心がふわふわと軽くなった。

「お、俺……ま、まだ……まだいけるぞ」

限界まで迫っていた射精感を理性の力で抑えこむ。智美の愛の言葉で、奇跡的に精力と体力が復活した。

「ああっ、直紀くん」

彼女が両手を伸ばして、直紀の首に巻きつけてくる。引き寄せられると同時に、唇が重なってきた。

「好きよ、はむンっ、直紀くんのことが好きなの」

口づけしながら囁いてくる。胸が熱くなり、涙腺が緩みそうになった。

「うむむっ、智美さん」

「ああっ、もう離さないで」

女壺で締めつけられる直接的な快感はもちろんだが、彼女の素直な言葉が心に響いた。何度言われても、感動が胸に押し寄せてくる。これほど直紀を元気づける言葉は他になかった。

「ねえ、直紀くん……」

智美が瞳に涙を浮かべながら見つめてくる。きっと彼女はイカされることを望んでいる。それがわかるから、なおのこと力が湧きあがってきた。

「俺は……必ず、智美さんを……」

なんとしても、今度こそ絶頂に導くつもりだった。

「ようし、いきますよ」

直紀は気合いを入れ直すと、智美の足首を摑んで持ちあげた。そのまま女体を折り曲げるように押さえつける。彼女の尻が布団から離れて、股間が真上を向いた屈曲位の体勢だ。

「あっ……なにするの？」

彼女が戸惑った瞳で見あげてくる。この体位だと直紀の体重がかかり、ペニスがより深くまで突き刺さった。

「くううっ、ほら、こんなに奥まで」

「あンンっ、ふ、深い」

仰向けになった智美が、眉を歪めて見あげてくる。少し腰を突き出すだけで、ペニスはこれまで以上に沈みこんだ。

「おおっ、締まってきた」

「あああッ、届いてる」

亀頭の先端が、女壺の最深部に到達している。子宮口のコリコリした部分を感じていた。

「今日こそ、俺が智美さんのことを……おおおッ」

いよいよ本格的に腰を振りはじめる。真上からペニスを突きおろす屈曲位で、力強く出し入れした。すでに女壺はたっぷりの華蜜で濡れそぼっている。だから、まったく遠慮する必要はなかった。

「おおッ、くおおッ」

「あっ、待って、ああっ」

直紀の腰の動きに合わせて、智美の唇から切れぎれの喘ぎ声が溢れ出す。結合部分から湿った音が響き、彼女は顔を右に左に振りはじめた。

「いっぱい気持ちよくなってください……ぬおおッ」

こみあげる快感を耐え忍んで腰を振る。剛根を奥まで抉りこませて、カリで膣壁を思いきり擦りあげた。

「ああッ、そ、それは……はああッ」

さらに亀頭を最深部に突きこめば、彼女の喘ぎ声はいっそう大きくなる。さらに女体を折り曲げて、抽送速度をアップさせた。

「あああッ、ダ、ダメっ、あああッ」

「好きだ……智美さんが好きなんです！」

奥歯を食い縛ってピストンする。うねる膣粘膜が絡みつき、ギリギリと締めあげられた。

「くおッ……す、すごい」

射精欲が膨らむが、まだ快楽に溺れるわけにはいかなかった。ここまで来たら、なんとしても先に彼女を絶頂に導きたい。女体を折り曲げてしっかり抱きしめると、腰の動きを一気に加速させた。

「おおおッ、ぬおおおおッ！」

「ああッ、激し……あッ、あッ」

智美も喘ぎながら、直紀の背中に手をまわしてくれる。両脚を大きく開き、白い足袋を履いた足を宙に浮かせていた。女体を二つ折りにされた苦しい体勢でも、快感のほうが勝っているのは明らかだった。

「直紀くんがこんなに逞しいなんて……はあああッ」

「と、智美さんのためなら、ま、まだまだ……おおおッ」

射精欲を懸命に抑えこみ、懸命に腰を振りたくる。ペニスを全力で抽送させて、蜜壺を奥の奥まで抉りまくった。

「ああッ、あああッ、も、もうっ、あああッ、もうイキそうっ」

智美に絶頂が近づいている。彼女の言葉に勇気をもらい、直紀は必死の形相で股間を叩きつけた。

「おおおッ、おおおおッ」

「す、すごいの、あああッ」

もはやどちらが先に達してもおかしくない。ペニスの先端からは濃厚な我慢汁が溢れており、女壺も小刻みに痙攣している。二人とも絶頂の兆しを見せながら、ギリギリのところで耐え忍んでいた。

「と、智美さんっ、イッてください！」

「あああッ、イカせてっ、はあああッ、わたしをイカせてぇっ」

智美が涙ながらに訴えてくる。彼女も先にイカされることを望んでいる。それを隠そうとせず、腰を淫らにくねらせた。

「くおおおッ、も、もうっ、ぬおおおおッ」

「い、いいのっ、あああッ、もっとほしいっ、はあああッ」

彼女の喘ぎ声が切羽《せっぱ》つまってくる。あと一歩のところまで追いつめているのは間違いない。もう直紀も限界を超えているが、最後の力を振り絞って全力のピストンを繰り出した。

「お、俺も、おおおおッ」

「ああッ、あああッ、気持ちいいっ」

二人の声が交錯して、狭い部屋は淫靡《いんび》な空気に包まれていく。我慢汁と愛蜜が混ざり合い、湿った音が大きくなった。

「うおおッ、智美さんっ、ぬおおおおッ！」

「も、もう、あああッ、もうイクっ、はあああッ、イクッ、イクううッ！」

女体が仰け反ったかと思うと、甲高いよがり泣きが響き渡る。ついに智美は絶頂に達して、女壺を思いきり収縮させた。

「くおおおッ、お、俺も、おおおおッ、おおおおおおおッ！」

彼女が昇りつめたのを見届けて、直紀もこらえてきた欲望を解放させる。うねる膣道のなかで男根が暴れまわり、煮え滾《たぎ》った白濁液が噴きあがった。

無数の膣襞が太幹に巻きつき、思いきり締めつけられる。凄まじい快感が脳天まで突き抜けて、空になったはずの睾丸から大量のザーメンが放出された。直紀は智美の裸体を抱きしめると、ペニスをさらに奥まで突きこんだ。

峻烈なアクメに二人は激しく息を乱すが、しっかりと抱き合い、どちらからともなく唇を重ねていった。

智美が先に達して、その直後に直紀が精液を注ぎこんだ。かろうじて、勝負は直紀が勝ったが、もはやそんなことはどうでもよかった。

もう一瞬たりとも離れたくない。深く繋がったまま、直紀と智美は舌を深く深く絡め合った。

「俺、まだ……」

女壺に嵌っているペニスは硬度を保っていた。

今日はいったい何度射精したのだろう、不思議なほど精力が湧きあがってくる。智美といっしょだと、永遠にセックスできそうだった。

「あンっ……直紀くん？」

智美が下腹部をピクッと波打たせた。

膣壁を刺激するカリに反応したらしい。視線が絡むと、頰を染めあげながら腰をくねらせた。

「うくッ……と、智美さん、まさか……」

思わず問いかけると、彼女は恥ずかしげに顔を伏せる。それでも、腰の動きはとまらなかった。

「また、ほしくなったんですか？」

わかっているのに、わざと尋ねてみる。すると、智美は駄々を捏ねるように、直紀の胸板を軽く叩いてきた。

「もう、意地悪」

村人たちの前では決して見せない可愛らしい顔だった。そんな智美がどうしようもなく愛おしくて、直紀はゆっくり腰を振りはじめた。

「これがほしいんですよね」

「あっ……あっ……そ、そう、これがほしかったの」

彼女の喘ぐ声を聞きながら、直紀は腰の動きを加速させる。こうして智美と繋がっていられるのなら、もう他にはなにもいらなかった。

（了）

＊本作品はフィクションです。作品内に登場する人名、地名、団体名等は実在のものとは関係ありません。

長編小説
ほしがり村《むら》
葉月奏太《はづきそうた》
2018年1月29日　初版第一刷発行

ブックデザイン……………………　橋元浩明（sowhat.Inc.）

発行人……………………………………………後藤明信
発行所…………………………………株式会社竹書房
〒102-0072　東京都千代田区飯田橋２－７－３
電話　03-3264-1576（代表）
03-3234-6301（編集）
http://www.takeshobo.co.jp
印刷・製本…………………………凸版印刷株式会社

ISBN978-4-8019-1352-3　C0193